Eva Donath
Die Perle

Eva Donath

Die Perle

Viele Grüße
von Eva
im März
2002

Altstadt Verlag Rostock

Besuchen Sie uns im Internet!
www.altstadt-verlag-rostock.de

Die Verwendung des Titelfotos erfolgte mit freundlicher Genehmigung der ARNOLDSCHEn Verlagsanstalt GmbH und Schmuckmuseum Pforzheim.

Schmuckstück von Lluis Masriera

Altstadt Verlag Rostock
Edition Kultur & mehr
Dipl. phil. Gaby Zumpe

Satz: Maren Koch
Umschlaggestaltung: Werbe-Grafik-Design Andrea Mannke
Herstellung: sickinger DIGITAL&OFFSET DRUCK
Printed in Germany
ISBN 3-930845-80-6

Das Glück
Kann man nur multiplizieren,
Indem man es teilt!

Albert Schweitzer

Der Pfau

Erst sechs Tage vor Beginn der Reise fand jeder die Papiere: Die Tickets für den Flug, das ausführliche Programm und die Liste derer, die aus Bildungshunger oder völlig anderem Hunger nach Córdoba, Granáda und Sevilla reisen wollten.
Es waren zehn. Ein Reiseleiter mit fünf Frauen und vier Männern. (Oder sollte man doch besser sagen: mit fünf Damen und vier Herren?)

Betrachten wir sie also.
Einen nach dem anderen:

Der Reiseleiter,
Herr *Dr. Dr. Bruno Bach*,
kam aus Bonn am Rhein.

Ein kleiner Mann mit großem Redefluß. Von Anfang an bemüht, die Damen und die Herren seiner Reisegruppe bei den Besichtigungen im Halbkreis zu postieren. Es durfte keinesfalls etwas verlorengehen von all den wichtigen Erklärungen! Und fast beleidigt schien der Doktor, wenn Zwischenfragen die Suada störten!
Seine Kleidung war sehr modisch-elegant: graue Hose, blauer Blazer. Hemd und Krawatte wechselten. Doch immer trug er einen Schirm. Einen Stockschirm, der allen gute Dienste leistete. Denn oft genug verlängerte der Stock den kurzen Arm des kleinen Herrn!
„Wie ein Pfau", bemerkte Peter Lohse, der neben Carla Weber stand bei einem Rundgang in Granáda. „Vielleicht spannt er den Schirm auch einmal auf! Dann könnte man die bunten Federn sehen!"
Und so kam es wohl von selbst, daß dieser kleine Dr. Dr. Bruno Bach in der ersten Reisewoche drei neue Titel hatte: ‚unser Bächlein', ‚unser sprudelndes Bächlein' und ‚unser Eitel-Brunello'.

Als Nummer eins stand auf besagter Liste
Frau *Dr. Erna Brunner*
aus Berlin.

Eine Psychologin. Groß, beinahe massig. Mit kurzen grauen Haaren und wimpernlosen Augen. „Ich hatte mal als Kind so eine Augenkrankheit“, erklärte sie unaufgefordert.

Frau Dr. Psychologin war immer kostümiert. Fischgrätenmuster für den Tag, feines Tuch am Abend. Und in der Nacht ganz sicher... Aber manchmal irrt sich auch der Mensch. Was weiß man für gewöhnlich schon von einer Psychologin?

Auffällig aber war die Brunner – und das für jeden sichtbar – durch ihren Bernsteinschmuck: „Ich komme schließlich aus dem Bernsteinland, aus Memel! Oben, an der Ostsee. Da trägt man gerne ein Stück Heimat.“ Und ihre wimpernlosen Augen glänzten.

Aber nicht nur durch den Bernsteinschmuck fiel diese Brunner auf. Ganz entscheidend auch durch ihr sofortiges Interesse an Herrn Dr. Dr.! Denn sie nickte ohne Unterbrechung, wenn das ‚Bächlein' sprudelte. Egal ob es um die Kultur ging oder nur um die genauen Abfahrtszeiten für den nächsten Tag. Und Peter Lohse, dieser Schelm, nickte ebenfalls. Mit Ernst und gutgespielter Würde.

Nummer zwei und Nummer drei:
Frau *Gabriele Hinz* und Frau *Greta Feil*,
Lehrerinnen aus dem Bayernland,

zeigten sich in Trachtenkleidern: frisch und steif gestärkt. Leider aber hatte weder die Frau Hinz noch die etwas größere Frau Feil Busen anzubieten! Und so verleiteten die recht gewagten Dekolletés der beiden Lehrerinnen eher zur Belustigung als zu ‚tieferem' Interesse.

„Lächerlich“, kommentierte Erna Brunner mit gestrengem Blick. „Wie bei kleinen Mädchen, die unbedingt schon einen Büstenhalter tragen wollen!“

„Die Hinz ist übrigens verwitwet. Und die Feil ist ihre Schwester“, vertraute sie dem stets ‚geneigten' Peter Lohse an. Und der erzählte alles Werner Schäfer. Und von diesen beiden erfuhr es dann auch Carla Weber.

Carla Weber,
aus Basel in der Schweiz,
war die Vierte auf der Liste.
Eine junge Frau – nur wenig größer als das Bächlein –, schlank, mit dunklem Lockenkopf.
Carla trug stets enge Hosen mit weiten Jackenblusen. Und immer einen roten Hut mit breiter Krempe. „Gut bei Sonne, gut bei Regen", meinte sie und lachte.
War Carla Weber Journalistin? Oder einfach interessiert an dem, was der Herr Doktor von sich gab? Jedenfalls sah man sie niemals ohne Block und Bleistift.
Als am ersten Abend nach der Ankunft in Sevilla ein jeder aufgefordert wurde, sich ‚bekanntzumachen' und Gründe für die Wahl der Reise mitzuteilen, sagte Carla Weber: „Ich möchte viel von Ihnen lernen, lieber Dr. Bach."
Was immer dieser Satz bedeuten sollte, der kleine Reiseleiter strahlte. Während sich Frau Psychologin beinah triumphierend an den langen Herrn zu ihrer Linken wendete und recht vernehmbar flüsterte: „Man wird demnächst schon mehr erfahren!" „Oder einfach fragen!" riet der Lange. Und war sichtlich amüsiert.

Und jetzt die Nummer fünf und Nummer sechs.
Das Ehepaar aus Hamburg –
Herr *Dr. Friedrich Kaiser* und seine Frau *Regina.*
Er: Arzt für Chirurgie in einer Klinik. Sie: Haushaltsvorstand, Mutter, Omama.
Beide angenehm. Beide nicht besonders interessiert an Einzelheiten der Geschichte und Kultur des Landes. Dafür mehr am guten Wein, an Meeresfrüchten und an abendlichen Plaudereien.
Frau Regina war mit Abstand die am teuersten Gekleidete: hanseatisch vornehm. Und trotz ihrer nicht zu übersehenden Beleibtheit wirkte diese Frau geradezu fantastisch in den Propor-

tionen. Ja, Kleider machen Leute.' Auf Frau Regina traf dieser vielzitierte Ausspruch wirklich zu.
Der Ehemann war auch recht ‚teuer' angezogen, hatte aber offensichtlich keine Lust, die Krawatte umzubinden und sich mehrmals täglich zu rasieren.
„Am liebsten läuft er rum im weißen Kittel. Blutbeschmiert", erklärte seine Eheliebste. Und er sofort dagegen – allerdings nach reichlich Weingenuß: „Bei jedem Schnitt fließt Blut. Aber wenn man unser Handwerk gut versteht, bringt es auch das gute Geld! Nicht wahr, Regina?"
Carla, die an diesem Abend ebenfalls am Tisch saß, sah auf seine Hände und stellte – irgendwie erleichtert – fest, daß diese Hände des Chirurgen zwar nicht filigran aber keineswegs unappetitlich oder gar brutal zu nennen waren. Gute Hände hatte Dr. Kaiser, die sicher nicht nur operieren konnten!

Und nun die Nummer sieben.
Ein Herr aus Bern, ein Schweizer,
Dr. Stephan Kolbe.
Groß, wohl 185 Zentimeter oder mehr. Dünn, mit vollen grauen Haaren und sehr dunklen, aber blauen Augen.
Man könnte ihn ‚lautlos' nennen. Da hatte unsere Psychologin ein recht passendes Charakteristikum gefunden. „Soll Diplomat sein", wußte sie zudem. „Bächlein hat es angedeutet."
Und weil von diesem Stephan Kolbe noch sehr viel mehr zu sagen ist, später, lassen wir es vorerst bei den knappen Daten.

Wenden wir uns der
Nummer acht und Nummer neun zu:
Herrn *Peter Lohse* und Herrn *Werner Schäfer*
aus Berlin.
Die Jüngsten in der Runde. Wohl 30 oder 35 Jahre alt. Ein homosexuelles Pärchen. Gut ‚getarnt'.
Für die meisten Menschen hierzulande ist das Thema Homosexualität ja immer noch tabu. („Man redet über so was nicht! Es ist doch anormal und krankhaft!")

Ob irgend jemand aus der Reisegruppe ,etwas wußte', sei dahingestellt. Auf keinen Fall war Erna Brunner aufgeschreckt. Was hätte sie ansonsten wohl für Zischgeflüster in den Äther Andalusiens entsendet!
Die beiden jungen Männer waren übrigens als Journalisten tätig. Bei einer Tageszeitung.
Man sollte außerdem vermerken, daß sich beide immer hilfsbereit und freundlich zeigten. Und meistens still. Aber: Wenn sie etwas sagten, hatte es auch ,Hand und Fuß'. Und nicht wenig Mutterwitz!

Diese bunt gemischte Reisegruppe landete am ersten Abend in Sevilla, im Hotel Lebreros. Und fast alle wollten schnell die Dusche, schnell das Essen, schnell das Bett.
Nur Carla Weber ging gleich nach dem Abendbrot noch an die Bar im Garten, probierte ein Gemisch aus Alkohol und Früchten, probierte auch Gespräche mit dem Personal. Doch recht erfolglos. Ihre Kenntnisse im Spanischen reichten absolut nicht aus. Trotzdem gab es allerseits ein Lächeln. Und Carla schlenderte ein wenig weiter – bis zum Pool.

Dort traf sie Peter Lohse und den blonden Werner Schäfer. Und schließlich gingen alle drei zurück zur Bar.
„Ich lade Sie zu einem Drink ein. Zu diesem giftig grünen." Carla zeigte auf ein Hochglanzfoto: „Nummer zwei. Der mit dem Escorial". Sie grinste etwas und genoß das Staunen im Gesicht von Werner Schäfer.
„Und wenn es Ihnen recht ist, sagen wir von jetzt an du. Das Reise-du!
Ich heiße Carla. Bin auch ein Schreiberling. Allerdings nur freie Mitarbeiterin bei einem Baseler Blättchen."
Und als sie sich dann außerdem als ,Linke' preisgab, war das Eis beinah gebrochen.
„Du wunderst dich vielleicht, daß wir zusammen reisen", sagte schließlich Peter Lohse. Und Carla gab ihm eine Antwort, die er sicher nicht erwartet hatte: „Weshalb denn wundern?" meinte sie. „Ihr seid ein Paar. Und warum soll man wohl getrennt

verreisen, wenn man die Welt gemeinsam kennenlernen kann."
„Meinst du, die andern aus der Gruppe wissen auch Bescheid?"
Werner wurde sogar etwas rot.
„Bestimmt nicht. Dazu sind sie viel zu bieder. Und ihr seid sicher nicht so dämlich und bindet es den liebenswerten Spießern auf die Nase!"

Welch ein Gespräch! Am ersten Abend! Carla freute sich auf diese Reise. Und die beiden ‚Jungs' wohl auch.

Am zweiten Reisetag stand nicht Sevilla im Programm – sondern *Córdoba.*

Während der recht langen Busfahrt saß Carla Weber hinten auf der letzten Bank. In der Mitte. Mit freiem Blick geradeaus. „Ich hab Probleme mit dem Gleichgewichtsorgan", erklärte sie dem überraschten Stefan Kolbe, der viele Reihen vor ihr saß. Der Reisebus war übrigens sehr komfortabel. Sogar mit Klimaregulierung. Aber viel zu groß für zehn Personen. Jeder konnte also einen Fensterplatz belegen.

Die besten Plätze waren selbstverständlich vorne. Besetzt von den Geschwistern Hinz und Feil auf der erhöhten Bank dicht hinter Ferdinand, dem Fahrer – und auf der anderen Seite von Herrn Dr. Dr. Bach und der stabilen Brunner.

Brunello trug ein blütenweißes Hemd mit roter Fliege und wirkte sehr gestelzt.

Aber seine Vorinformationen über Córdoba waren ausgezeichnet.

Sie wissen es natürlich längst", begann er, „die Moschee der Omajaden ist das eindrucksvollste Bauwerk Córdobas. Den besten Überblick hat man vom Glockenturm. Denn nur von dort aus kann man sehen, daß mitten im Moscheegelände eine Kathedrale steht. Eine Christenkirche aus dem 16. Jahrhundert. Übrigens mit 586 Säulen, die zum Teil noch aus der Römerzeit, zum Teil auch aus der Zeit der Gotenherrschaft stammen." Und nach einer Pause: „Sie werden staunen! Aber nicht nur über diese Säulenhalle, auch überall die wundervollen Mosaiken, die so typisch sind für die Kunst der Araber.

1236 eroberte dann Isabella von Kastilien Córdoba. Das wissen Sie natürlich auch!“
„Ja, Isabella von Kastilien hatte Schenkel, weiß wie Lilien“, kommentierte Friedrich Kaiser. Genügend laut. Und alle grinsten. Bächlein wendete ein wenig seinen Kopf und räusperte sich etwas. Schließlich fuhr er fort: „Wir werden durch die Altstadt gehen, die Häuser mit den Patios sehen – diese blumenbunten Innenhöfe – und dann besuchen wir die La Mezquita.“

Jeder kannte sie von Bildern, die berühmte Säulenhalle. Doch keiner hatte sie zuvor gesehen. Und alle waren überwältigt. Man kann sie nicht beschreiben. Man kann sie nur erleben! Neben Carla Weber stand ganz unvermittelt Stephan Kolbe. „Ein Wunder“, sagte er. Und seine dunkelblauen Augen waren staunend auf den Säulenwald gerichtet.
„Ich habe einen Bildband im Gepäck. Wenn Sie wollen, leih ich Ihnen mal das Buch.“
Carla nickte.

Am Spätnachmittag wurde Tee serviert. Im Garten des Hotels. Und bis auf Carla waren alle da.
„Wo ist denn die Frau Weber? Ist sie krank?“ fragte Bächlein den Herrn Dr. Kolbe. Und Dr. Kolbe war erstaunt. Und Bächlein war es peinlich. Und etwas kleinlaut sagte er: „Ich dachte nur, Sie wüßten es.“
Nein, Carla war nicht krank. Sie hatte einfach keine Lust zu diesem ‚Tee in Gruppe’. Statt dessen lag sie auf dem Bett im gut gekühlten Zimmer und las in ihrem Reisekrimi. (Wenn das die andern wüßten! Kulturbanausin!)

Abends gab es dann das angekündigte ‚ganz große’ Essen. Und in der Tat: Es war etwas besonderes. Vor allen Dingen wegen des Ambiente:
Ovaler Tisch mit blütenweißem Tafeltuch und ebensolchen kunstvoll zugerichteten Servietten. Edles Porzellan, kristallene Pokale für den Wein. Silberleuchter mit gut tropfenden beinahe dunkelgrauen Kerzen. Und violetten Orchideen in zwei schlanken Vasen. Die Mitte dieses Tisches war bisher noch leer. Alle hatten festliche Garderobe angelegt.

Die Brunnerin trug eine hochgeschlossene plissierte Bluse mit einer Riesenbernsteinbrosche.
„Schauen Sie mal den Käfer in der Brosche!" sagte sie zu Greta Feil. „Der schlummert nun schon einige Millionen Jahre! Mit allen Beinchen!" Dann setzte sie sich neben Bächlein. Wie im Bus. Als endlich auch die anderen saßen, klopfte der Herr Reiseleiter an sein leeres Glas, sah mit Lächeln in die Runde und verkündete: „Achten Sie ab morgen bitte auf die kleinen Namenskarten. In meinen Reisegruppen ist es üblich, daß jeder einmal einen andern Nachbarn hat.
Und im Bus, so halte ich es schon seit Jahren, verschieben wir die Plätze ebenfalls. Sind Sie einverstanden?"
Alle nickten, bis auf Erna Brunner, die sicher allzugern auch weiterhin neben ihrem Bächlein Platz genommen hätte.
Und dann kam der Koch! Der Chefkoch höchstpersönlich. Mit weißer hoher Mütze, flankiert von zwei Gehilfen – ebenfalls mit weißem Mützenhut.
Die beiden ‚Jungs' mußten ihre Stühle räumen, damit die Riesenschüssel mit dem Nationalgericht der Spanier – mit einer köstlich angerichteten Paélla – in der Mitte des ovalen Tisches ihren Platz fand.
„Auch so ein Eintopf, der geadelt ist", bemerkte Dr. Kaiser. „Wie unsere berühmte Hamburger Aalsuppe, in der sich einst bei armen Leuten Essensreste einer Woche wiederfanden. Manchmal auch ein Stückchen Aal. Aber: Wenn der Wein gut ist, dann kann uns nichts passieren."

Carla trug an diesem Abend einen langen bunten Rock mit Top und loser Jacke.
„Praktisch", sagte sie zu Stephan Kolbe, der zu ihrer Linken saß. „Kann man sozusagen in die Streichholzschachtel stecken. Knautscht nicht im geringsten, ist bequem und unempfindlich."
„Sie können alles tragen", sagte Dr. Kolbe. Und sah sie länger an als es gewöhnlich war. Und Carla wurde in der Tat verlegen.

Alle tranken Wein. Und die Stimmung stieg. Und das Bächlein strahlte.
Als erste zogen sich die beiden ‚Jungs' zurück. Und Carla

winkte ihnen zu: „Falls ihr ein gutes Märchen findet, bitte ich um Weitergabe.“
Und Erna Brunner kommentierte – wie immer viel zu laut: „Das ‚Du‘ hat manchmal flinke Beine!“
Und Stephan Kolbe nickte. Wenn auch nur zaghaft. Irgendwie war ihm das ‚Du‘ nicht recht. Obwohl er sehr wohl wußte, daß die ‚Jungs‘ vom ‚anderen Ufer‘ waren. Und dann sagte er zu Carla: „Wollen wir nach dieser reichlichen Paélla ein wenig durch den Garten gehen?“
Und Carla war jetzt sicher, daß da irgend etwas mit dem Mann aus Bern passiert war: „Er ist verliebt! In mich! Und ich empfinde nichts. Jedenfalls nicht ‚solches‘.“
Trotzdem sagte sie: „Ja, ich gehe gerne noch ein Weilchen. Und zum Abschluß trinken wir ein Schlummerwasser. Damit der Tag gut abgeschlossen wird.“
Er sprach von Córdoba und von den Mauren. Und von der wundersamen Zeit, als Moslems, Juden, Christen gemeinsam ihre Kunst gestalteten.
„In Toledo sieht man es besonders gut. Wissen Sie, dort fühlt man es.“
Und Carla nahm die Hand aus ihrer Jackentasche und legte sie in seine Hand: „Danke, lieber Dr. Kolbe! Ich höre Ihnen gerne zu. Sogar sehr gerne!“

Am nächsten Vormittag bot Bächlein einen Zweitbesuch in der Mesquita an.
„Die Beleuchtung ist viel intensiver“, erklärte er. „Sie werden daher auch die Säulenhalle sehr verändert sehen.“
Er schaute in die Runde: „Der Besuch ist selbstverständlich ganz freiwillig. Um Punkt elf Uhr verlassen wir dann Córdoba.“

Es gingen alle mit. Alle wollten dieses Wunder noch ein zweites Mal erleben!

Am Abend dann erreichte unsere Reisegruppe das lange vorgebuchte – aber gar nicht ausgebuchte – Gran Hotel Diego in *Granáda*.

Und es war schon beinah selbstverständlich, daß Carla und der Dr. Kolbe nach dem Essen zur Hotelbar gingen, um ihren ‚Schlummertrunk' zu trinken.

„Sie schreiben also?" fragte Stephan Kolbe. Und Carla mußte etwas lächeln.

„Das wissen Sie doch schon! Sie wissen aber nicht, daß ich ganz dicht bei Basel wohne. In einer hübschen Wohnung. Und: alleine!"

Stephan Kolbe atmete so laut, daß Carla wieder lächeln mußte.

„Gibt es denn so dicht bei Basel eine Zeitung?"

„Und ob! Der Ort zählt mehr als 20.000 Seelen!" Carla tat empört. „Und von denen sind ganz sicher 15.000 Spießer! Etwas interessanter ist es also schon als in der Hauptstadt Bern!"

Jetzt lächelte auch Stephan Kolbe.

Und dann kamen Peter Lohse und der blonde Werner Schäfer. Und störten! Jedenfalls den Dr. Kolbe.

Carla war hingegen froh. Sie mochte ja die beiden ‚Jungs'. Und außerdem erschien es ihr auch ‚sicherer', nicht länger so alleine mit dem Mann aus Bern zu sein!

Am nächsten Tag – es war ein Mittwoch – spannte sich der Himmel strahlendblau über Stadt und Land und über all die schneebedeckten Berge der Sierra.

„Wir werden heute die Alhambra sehen!" verkündete Herr Dr. Bach am Morgen.

„In Spanien ist sie ganz gewiß das eindrucksvollste Bauwerk arabischer Kultur und Kunst."

Dann sah er in die Runde, überprüfte, ob auch alle folgsam lauschten und setzte seinen Vortrag fort: „Die Alhambra ist ein Märchenschloß. Eine Symphonie aus Lehm und Holz und Stuck. Und jeder, der den Myrtenhof und dann den Löwenhof durchschreitet, ist berauscht!

Welch ein Stilgefühl!

Zerbrechlich zart – beinahe wehrlos wirken ihre schlanken Säulen!

Achten Sie auch auf die Schriften an den Wänden: Es sind

Verse aus dem heiligen Koran – verbunden mit ganz wundervollen Ornamenten: floral und geometrisch."

Nie zuvor sprudelte das Bächlein derart blumenreich. Und einigen erschien sein Vortrag zu pathetisch.
Als dann aber alle die Puerta der Justicia durchschritten hatten und die wundersamen Höfe mit den vielen Wasserläufen und den Wasserbecken sahen, verstummten auch die Lästerer.
Jedes Wort wird leer im Angesicht der Schönheit und der Eleganz dieser Patios, Gartenhöfe oder Säle.
Sie waren durch den Saal der Könige gegangen, bis zum Löwenhof – Stephan Kolbe neben Carla Weber.
„Schauen Sie! Hier an der Wand sind zwei von jenen Tafeln, die unser Bächlein heute früh erwähnte", sagte Stephan Kolbe. „Die linke mit der Kufi-Schreibart: eckig und sehr steil; und die daneben mit der Naskhi-Schreibart: einer Rundschrift."
„Haben Sie so etwas vorher schon gesehen? Woanders?" wollte Carla Weber wissen.
„O ja. Ich war in Chiwa und Buchara und in Samarkand. Und ich bin froh, daß ich so vieles wiederfinde – hier – in der Alhambra." Er zögerte ein wenig.
„Ich bin auch froh, daß Sie dabei sind."
Dann zog er einen Fotoapparat aus seiner Jackentasche: „Würden Sie sich einmal an den Brunnen stellen?"
„Zu den Löwen?" Carla schmunzelte.
Es war das erste Foto. Und es folgten noch sehr viele. Auch Carla knipste. Und dieser Dr. Kolbe wirkte auf fast allen Bildchen steif und wenig aufgeweckt.

Wer sich von der Gruppe lösen wollte, um nach eigenem Gutdünken Granáda zu erkunden, mußte es dem Bächlein ‚melden'. Und das war gut und richtig; denn niemand wartet gerne. „Außerdem", so Bächlein, „will der Küchenchef es wissen, wenn Sie auf Ihr Abendbrot verzichten!"
„Verzichten wir auf unser Abendbrot?" fragte Stephan Kolbe. Und Carla war sofort mit seinem Vorschlag einverstanden. Teils aus Neugier auf das ‚Untouristische', teils, um der Gruppe zu entfliehen.

So saßen sie dann abends in einer kleinen – recht verräucherten Taverna. An den Nachbartischen: Andalusier. Fröhlich, beinah ausgelassen.
„Ich schlage vor, wir nehmen Nummer vier: ‚Pescaitos variados fritos', ein hoch gerühmtes Fischgericht. Mit Sardinen, Dorsch und Seehecht. Immer knusprig. Und auch nicht so fett."
Carla staunte. Dieser Mann entpuppte sich als Küchenkenner!
„Und welchen Wein dazu?"
„Am besten wird es sein, wir lassen uns den Vino corriente bringen, den Wein der hiesigen Region: Der Kellner wird uns sicher gut beraten." Und wieder staunte Carla.
Daß Dr. Kolbe beinah fließend Spanisch sprach, wußte sie bereits. Daß er aber auch mit solcher Sicherheit auftreten konnte, überraschte. Carla wurde sogar leicht nervös.
„Sie kochen sicher selbst, nicht wahr?"
Diese Frage war recht ungeschickt. Aber Stephan Kolbe griff sie gerne auf: „Manchmal schon. Und falls Sie irgendwann einmal nach Bern verreisen sollten, würde ich mir große Mühe geben!"

Am Donnerstag – sehr früh – begann die lange Busfahrt nach Sevilla.
Sevilla ist die Hauptstadt Andalusiens und Sitz des Erzbischofs. Zudem sind hier Velazquez und Murillo – die berühmten Maler – und Don Juan und Figaro ‚zu Hause'.

Griechen und Karthager waren im Verlauf der Zeiten in Sevilla. Danach die Römer und die Goten und die Mauren.
Im Jahre 1469 eroberte dann Ferdinand von Aragon die Stadt – jener Herr, der Cousine Isabella von Kastilien freite! („Hatte Schenkel, weiß wie Lilien!" würde Friedrich Kaiser flüstern.)

Wie zu Beginn der Reise wohnten alle wieder im Hotel Lebreros.
Und wieder traf man sich am Abend an der Bar im Garten: Peter Lohse, Werner Schäfer, Carla Weber und – für jeden von den dreien selbstverständlich – nun auch Stephan Kolbe.

Als sich die ‚Jungs' zurückgezogen hatten – vielleicht nach einer halben Stunde –, sagte Stephan Kolbe: Ja, die zwei sind wirklich nett. Da ist man schnell bereit das ‚Du' anzubieten."
„Sie meinen mit dem ‚man' natürlich mich. Ich weiß es wohl und möchte auch versuchen, Ihnen solch ein ‚Du' zu erläutern."
Carla steckte beide Hände tief in ihre Jackentasche. Dann sagte sie – recht langsam, weil die Gedanken sich erst ordnen mußten: „Bei Menschen, die ich mag, die mir jedoch nicht nahe kommen, zögere ich nicht mit einem ‚du'. Bei Menschen aber, denen ich vielleicht ein Stück von meiner Seele geben könnte, bin ich mit dem ‚du' bedachtsam."
„Das ist gut. Ich danke Ihnen."
Stephan Kolbe war erleichtert.

„Wir könnten ja an unserem ‚freien Sonntag' – ohne Bächlein und die Gruppe – gemeinsam etwas unternehmen! Vielleicht Sevilla ‚anders' kennenlernen!"
Und wie an jenem Mittwoch in Granáda war Carla wieder und sehr gerne! einverstanden.

Ach, Carla Weber: Du hattest dich doch längst verliebt in diesen Berner! In diesen langen dünnen Mann mit seinen dunkelblauen Augen und seinen schönen Händen!

Daß beide aber auch die Führung durch Sevilla nicht versäumen wollten, war wohl selbstverständlich; denn Bächlein war bisher ein guter Reiseleiter. Und: Man hatte schließlich auch nicht wenig im voraus bezahlt! Selbst die Eintrittsgelder sollte man nicht unterschätzen.
In Carlas Tagebuch steht folgendes zu dieser Stadtbesichtigung: ‚Wir sahen Türme aus der Maurenzeit. Und die Kathedrale. Verwirrend! An einer Seite das Grabmal des Kolumbus. – Wenig später: Führung durch den Alcazar, die alte Königsburg der Mauren – Zwillingssäulen, Fächerbögen!
Zu viel! Córdoba und Granáda waren wohl genug für mich.'

An einem Montag ging die Andalusienreise dann zu Ende. Dr. Dr. Bach zeigte sich ein letztes Mal als ‚Bächlein', küßte allen

Damen nach Brunello-Art die Hand und hoffte auf ein Wiedersehen.
„Im nächsten Jahr wird unter meiner Leitung eine Studienfahrt nach Marokko angeboten“, sagte er. Und sah – wie immer – in die Runde.
„Auch in Marokko gibt es Maurisches.“
Er hob die Hand (mit Regenschirm natürlich!), verbeugte sich ein wenig und genoß den Beifall seiner Reisegruppe.

„Irgendwann hat alles mal ein Ende“, sagte Dr. Kaiser. „Und das ist gut. Ich jedenfalls – ich freu mich schon auf meine Klinik!“

Alle freuten sich auf ihr Zuhause:
Carla Weber auf die Spießer ihrer Kleinstadt, auf ihre allerschönste Wohnung unterm Dach und auf ihre Schreibtischarbeit!
Nur für Stephan Kolbe hätte diese Reise weitergehen können. Er wirkte beinah traurig. Und erst als Carla zu ihm sagte: „Sie vergessen es doch nicht? Das Kochen?“
Da lächelte er wieder. Und in seinen Augen zeigte sich sogar ein wenig Spott.

In Stephans Küche

„Daß wir uns so schnell wiedersehen...” Carla stockte. Stephan Kolbe nahm sie in den Arm – den Blumenstrauß noch in der Hand – halb ausgewickelt. Und Carla fühlte das Papier in ihren Haaren.

Sie standen zwischen Flur und Küche.
In Carlas Wohnung gab es keine Türen – bis auf die Tür zum Badezimmer.
„Ich gebe meinen Gästen immer einen Drink. Zur Begrüßung. Hier in der Küche. Sie dürfen wählen!”
Auf dem Kühlschrank häuften sich die Flaschen mit Campari, Calvados und Grappa und mit diversen Obstlern.
Stephan Kolbe staunte: „Eine kleine Kneipe! Ich nehme gerne einen Calvados.”

Um die Befangenheit zu überbrücken, zeigte Carla ihre Wohnung. Auch den Schlafraum.
„In diesem Zimmer verbringe ich die meiste Zeit.”
Stephan Kolbe sah das breite Bett mit den vielen kleinen Kissen.
„Ja”, sagte er. Mehr nicht. Und Carla merkte, daß sich unter ihrem Pony Tröpfchen bildeten! Nervenwasser! Scheußlich!
Vor dem Fenster stand ein großer Tisch mit Schreibgeräten und diversen Büchern.
Carla stellte sich dicht vor den Tisch – schob das Telefon recht unsanft an den Rand und drehte sich dann um: „Hier produziere ich auch meine Lang- und Kurzgeschichten. Aber setzen wir uns doch! Nebenan! Ich geh mal vor!”

Jetzt war wieder Abstand zwischen diesem Mann und ihr: Stephans Sessel stand in einer Ecke. Carlas Sessel parallel dazu. Und zwischen beiden Sesseln stand ein Glastisch.
„Ich weiß, Sie trinken Tee.”
Carla hatte alles vorbereitet. Sie stellte auch Gebäck mit auf den Tisch – griff selber zu.
Doch noch immer war ein wenig Angst in ihrem Körper.
In Andalusien fühlte sie sich ‚frei’ und war dem Dr. Kolbe mit sehr viel Sicherheit begegnet.

Hier aber! In der eigenen Wohnung?
Hätte sie nicht warten sollen? Oder wenigstens einen Treffpunkt außerhalb der Wohnung finden können?
Stephan Kolbe hatte Carlas leisen Widerstand sehr wohl bemerkt. Und als Diplomat (auch als verliebter Diplomat) sagte er – scheinbar nebenbei: „Könnten wir nicht heute abend irgendwo in Basel essen? Ich wohne dort am Aschengraben. Da kann man in der Nähe sicher etwas finden. Und Sie hätten nicht die Mühe!"
Carla wußte, daß er log! Sie hatte ihm am Telefon ihr Gästezimmer angeboten! Und er war sofort einverstanden.
Außerdem lag ein Pyjama in der Reisetasche! Den hatte sie gesehen, als er die Tasche öffnete um den Bildband über Córdoba herauszunehmen!
„Warte nur, du Schwindler!" dachte sie – und setzte sich zurecht in ihrem Sessel und sah Stephan Kolbe an: „Natürlich könnten wir zum Aschengraben fahren! Wir könnten auch im Münster beten!
Schade nur um meine Suppe. Die müßten Sie dann mit nach Hause nehmen!"
Carla hatte ihre Sicherheit zurückgefunden. Und Stephan Kolbe war erleichtert.

Nein: Es ‚passierte' nichts bei diesem ersten Treffen in Carla Webers Wohnung. Und trotzdem waren sie sich nahe.
„Ein kleines Stück von ihrer Seele hat sie mir ja schon geschenkt", notierte Stephan.
Er führte eine Art von Tagebuch. ‚Wochenbuch' sollte man es besser nennen. Oder ‚wichtige Notizen'.

In der Adventszeit war Carla dann zum ersten Mal in Bern! Welch ein Unterschied zu ihrer Wohnung unterm Dach! Hier war alles mächtig: Zwei Eichentruhen in der Diele und quer darüber ein gerahmter Spiegel. Gegenüber die Garderobe: leer. Stephan hängte Carlas kurze Lammfelljacke auf den Bügel. „Ganz verloren baumelt sie da oben", dachte Carla, „und ganz schief."

Seinen eigenen Mantel stopfte er in einen Schrank. „Kommen Sie! Ich mache den Kamin an! Dann duftet es nach Holz!"
Durch eine breite Tür kam man in den Wohntrakt, in eine Zimmerflucht:
Im ersten Raum standen Bücherschränke und ein riesengroßer Schreibtisch.
Im zweiten Raum war der Kamin. Davor diverse Sessel.
Das dritte Zimmer dieser Flucht beherrschte ein ovaler Tisch mit 14 Stühlen!
„Ist das ungemütlich!" Carla dreht sich noch einmal um.
„Kommen Sie nur weiter", sagte Stephan. „Hier ist meine Küche! Das andere", er zeigte auf die Zimmerflucht, „ist für Besprechungen. Da sind wir schnell ein Dutzend. Und viele rauchen. Die großen Räume sind dann schon sehr angebracht."

Stephans Küche!
Welch ein Unterschied zu diesen unpersönlich-strengen Zimmern! Ein Refugium! Mit offenen Regalen für Geschirr, für Pfannen und für Töpfe. Mit einem Superkochherd und diversen Schränken.
Am gemütlichsten jedoch: Der Tisch am Fenster mit zwei Sesselstühlen. Und auf der breiten Fensterbank dunkelrote kräftige Geranien.
Der Tisch war schon gedeckt. Und Carla hatte ihre helle Freude an den bunten Sets und an den rustikalen Tellern.
„Trinken Sie mit mir ein Glas Champagner zur Begrüßung?"
„Gerne, Stephan!" Carla konnte wieder leichter atmen. „Hier ist es gut. Hier in der Küche!"

Sie trank sehr schnell und spürte auch sehr schnell die Wirkung!
„Ich habe uns Geschnetzeltes gemacht. Mit Rösti." Stephan lächelte.
„Möchten Sie noch etwas Kribbelwasser?"
„Nein, nein! Ich hab ja jetzt schon einen Schwips!"
Dann aßen sie. Und Stephan wartete auf Lob: Und Carla lobte auch: „Ich genieße ihr Ragout! Ich genieße diese ganze Küche!"

Dann nahm sie einen Löffel und löffelte den Rest der Sauce.
Zum Nachtisch hatte Stephan Mousse au Chocolat zubereitet.
Mit Sahne. Köstlich!
Carla war allmählich so gesättigt, daß sie am liebsten einen Mittagsschlaf gehalten hätte!
Hatte Stephan ihre Müdigkeit bemerkt? Er sagte jedenfalls: „Ich zeige Ihnen jetzt Ihr Zimmer!"
Es war ein kleines Zimmer. Vorne, rechts von der Garderobe. Mit einem kleinen Baderaum.
Carla fühlte sich sofort ‚zu Hause'.

Manchmal gibt es wundersame, nicht zu beschreibende Momente.
Ob die Luft dann dichter wird?
Ob zwei Seelen gleiches zu genau derselben Zeit empfinden können?

Sie gingen aufeinander zu. Wortlos. Sie umarmten sich. Und Stephan sah die kleinen braunen Punkte in Carlas grünen Augen.
„Sie schwimmen!" dachte er. Und war vollkommen glücklich.
„Ich warte am Kamin! Mit einer Schlummerdecke!"
Carla nickte.

Stephan Kolbe war nicht etwa Junggeselle! Er hatte eine Ehe hinter sich.
Und dann erzählte er Genaueres von Esther, von der Märchenhochzeit, und von der Geburt des Sohnes nach 14 Ehejahren.
„Esther war sehr schön. Und reich! Und auch begabt. Eine Frau, die jeden haben konnte!
Mich hat sie gewählt. Und nach wenigen Jahren schon betrogen.
Dann ist sie schließlich ausgezogen. Und ich war alleine."

Carla hörte und erschrak. Und Stephan fühlte es.
„Nein, nein, das ist vorbei. In der ersten Zeit war es noch manchmal schlimm. Aber heute, nach zehn Jahren...!
Da erinnert man sich selbstverständlich ab und an. Auch diese Jahre sind ja Teil des Lebens." Und nach einer Pause: „Wie war es denn bei dir? Oder möchtest du nicht reden?"
Natürlich redete auch Carla. Sie hatte ja nichts zu verbergen.

Nicht ihre Ehe in Berlin und nicht die große Liebe, die so abrupt beendet wurde: „Mein Freund ist abgestürzt. Mit einem Flugzeug. Mit seiner Chesna. Das ist acht Jahre her. Beinah zur gleichen Zeit starben meine Eltern. Bei einem Autounfall."
„Dann sind wir beide frei", wollte Stephan sagen. Und sagte es natürlich nicht. Schrieb es nur in sein Wochenbuch.
In diesem Wochenbuch stand außerdem: „Carla hat sich ohne Vorbehalt verschenkt! Und auch ich war ohne Hemmung! Das ist eine Gnade."

In diesen vier Dezembertagen machten sie im Auto eine Fahrt zum Thuner See. Ins Berner Oberland. Und: Sie besuchten in der Stadt die Bären. In ihrem Bärengraben.
Dann mußte Carla wieder an den Schreibtisch. Und Stephan Kolbe ebenfalls.
Und erst im neuen Jahr – am 2. Jänner – sahen sie sich wieder; denn Carla war zu Weihnachten aus Tradition bei der Familie. Und Stephan Kolbe auch. Zusammen mit dem Sohn, mit Axel, der sich einen Jahreswechsel ohne Omama und Opapa nicht denken konnte und sich damit abzufinden hatte, daß seine schöne Mama während dieser Tage ‚unterwegs' war: irgendwo am Nordpol oder Südpol.

Daß beide dann den 31. Dezember doch miteinander feiern konnten, hatte nur den einen Grund:
Axels Mama war sehr plötzlich ohne Partner. Und Axel durfte nicht verreisen. Trotz aller Tränen und trotz vieler Telefongespräche von Omama und Opapa.
Und sein Vater – Stephan Kolbe – wäre niemals stark genug gewesen, um sich durchzusetzen.
Zu diesem Zeitpunkt aber verzichtete er gar nicht ungern auf sein Recht: Carla lockte!
Carla hatte nichts vereinbart mit Bekannten oder Freunden. Und so entschlossen sie sich ganz spontan, drei Tage in Baden an der Limmat zu verbringen.

Fatum?*

Sie fuhren mit der Bahn. Von Basel über Laufenburg. Und sie wohnten im Hotel Verenahof.
Jeder mietete ein Zimmer. Carla wollte – wenn sie schlief – alleine sein. Und Stephan war sehr einverstanden.
Beide waren das Alleineschlafen ja gewöhnt. Vor allen Dingen aber hatten beide auch noch Hemmungen, sich morgens ‚ungewaschen' zu begegnen. (Das änderte sich erst nach fast vier Jahren, als Carla sehr, sehr krank war. Und Hilfe brauchte in der Nacht.)

Baden ist ein weltbekannter Kurort. Schon die Römer nutzten die berühmten Schwefelquellen.
Stephan und auch Carla interessierten sich jedoch nur wenig für die Wunder der Natur. Sie suchten ihre eigenen Wunder. Und jeder Händedruck auf ihren Wegen durch die Stadt erinnerte an diese Wunder.

Doch auch ein Gleichklang der Gefühle bekommt zuweilen Risse. Und von einem Augenblick zum anderen entstehen Dissonanzen. Zunächst noch zaghaft – noch versteckt. Dann unüberhörbar spitz – schließlich sogar feindlich!

Am Silvesterabend gab es für die Gäste des Hotels ein üppiges Bankett. Man aß und trank genüßlich. Und ab 22 Uhr wurde auch getanzt.
„Du siehst bezaubernd aus", sagte Stephan.
Carla trug ihr langes schwarzes Kleid mit einem Cape aus weißem Nerz.
Stephan sah auf seine Uhr: „Ich habe oben alles vorbereitet! Und: Ich habe eine Überraschung!
In zwei Stunden ist das alte Jahr zu Ende."
Er tat geheimnisvoll. Und Carla freute sich.
Da trat ein Herr an ihren Tisch, verbeugte sich und küßte Carla überschwenglich auf die Wange.
„Mit allem hatte ich gerechnet, aber nicht mit diesem Wiedersehen!" Er strahlte. „Darf ich mich für zwei Minuten setzen?"

* Schicksal

Er saß bereits. Und im Sitzen sagte er zu Stephan: „Ich heiße Roland Stern. Den Rest erfahren Sie bestimmt von Carla.” Er lachte. Und beim Lachen zeigte er ein Dutzend tadelloser weißer Zähne.
Als der Pianist dann auch noch einen Tango spielte und dieser laute Stern mit Carla tanzte, überfiel den armen Stephan Kolbe sein alter Feind: der Argwohn!
Und noch bevor der Tanz mit all den Drehungen und Wendungen zu Ende war, stand Stephan neben seinem Stuhl und wartete. „Ich würde jetzt recht gerne gehen”, empfing er Carla. „Sie werden uns bestimmt entschuldigen!”
Er verbeugte sich ein wenig steif vor Roland Stern und nahm Carla an die Hand – als sei sie seine kleine Tochter.

Als beide schließlich oben waren, explodierte Carla beinah vor Empörung: „Dieser Mann ist lediglich mein Brötchengeber! Er begrüßt mich in der Redaktion genauso! Vor allen Mitarbeitern!
Und warum sollte ich nicht mit ihm tanzen!? Er tanzt sogar sehr gut! Es hat mir Spaß gemacht!”
Stephan war ein schlechter Tänzer. Das wußte er und ärgerte sich über Carlas Hinweis.
Und schließlich brachte Carla dann das Faß zum Überlaufen: „Ich bin doch nicht dein Eigentum, Herr Diplomat!”

Das war zu viel! Sie merkte es sofort. Und hatte Angst! Mit einem kleinen Aufschrei lief sie in ihr Zimmer und ließ den Tränen freien Lauf.
„Könnte ich doch diese Viertelstunde ungeschehen machen!” Carla fühlte sich entsetzlich elend! Immer wieder sah sie Stephans Augen: fassungslos und hilflos.
Sie würde um Verzeihung bitten! Zumindest mußte sie mit Stephan sprechen!
Dann schlief sie ein. Mit Kleid und Cape und Schuhen.
Es war wohl kurz vor Mitternacht.
Auf der Straße wurden schon Raketen angezündet. Carla schreckte auf. Und nur Sekunden später spürte sie erneut die Angst!

„Mein Gott! Was soll ich tun?"
Carla redete – wie übrigens recht oft – mit sich alleine. Und meistens fand sie während dieser Selbstgespräche dann auch eine Antwort.
Noch ein Knall! Und ein Geräusch! Im Zimmer? Sie hatte ihre Tür nicht abgeschlossen! Und die wildesten Gedanken schossen kreuz und quer durch ihren Kopf.
„Carla!" sagte eine Stimme – Stephans Stimme! „Ich wollte warten, bis du aufwachst. Nun hat dich dieser Knall geweckt."
Und im nächsten Augenblick war Stephan schon am Bett, nahm Carlas kleine Hände und drückte sie an seinen Mund. Sanft und liebevoll.
„Ich hab ja alles vorbereitet! Nebenan. In meinem Zimmer. Wir müssen doch das Neue Jahr begrüßen! Unser Neues Jahr."

„Du solltest deine ‚L & K Geschichten'* sammeln und zusammenbinden lassen. Ist doch schade, wenn das alles im Archiv verschmort."
Mit diesem Vorschlag wurde Carla überfallen als sie aus dem Urlaub kam.
„Und wer wird meine Sachen drucken? Hast du Verbindungen?"
Ja, Roland Stern hatte vielerlei Verbindungen: „Hier bei uns geht das selbstverständlich nicht. Aber schon in Basel. Und wenn dir das nicht zusagt, dann in Bern."
„Basel wäre sicher praktischer", meinte Carla. „Ist nicht so weit weg. Aber sag mal, was für Gründe hast du plötzlich?"
„Da mußt du Astrid fragen. Astrid drängt jetzt schon seit einem Jahr.
Sie ist der Überzeugung, die ‚Geschichten' sind es wert. Und Astrid hat ja auch Gespür für so was."
Ein sehr verlockendes und sicherlich auch schmeichelhaftes Angebot für Carla! Trotzdem empfand sie ein gewisses Unbehagen.
Sie nahm den stets bereiten Becher mit dem kalten Tee und trank ihn leer.
Astrid! Schöne reiche Astrid!

* Lang- und Kurzgeschichten

Sie waren eng befreundet. Fast vier Jahre. Bis dann der Mann mit seiner Chesna kam und Astrids Träume je zerstörte.
Nein: Carla war nicht lesbisch. Oder: nur ein wenig. Wie so viele Frauen.
Astrid hatte dann den lauten Roland Stern geehelicht. Einen Mann, der mit dem Geld von Astrid seinem Hobby frönen konnte: „Ich wollte eine eigene Zeitung haben", sagte er zu Carla, als sie die Überschriften für das ‚Tageblatt ' besprachen. „Ich hab es Astrid nie verschwiegen. Und ich selbst war auch im Bilde über Astrid. Sie hat mich damals nur genommen, weil diese dummen Spießer dann verstummen mußten!"
Carla sah ihn an. Sie wartete darauf, daß Roland Stern noch mehr erzählte.
Aber Roland war schon wieder bei der Zeitung. Und Carla war jetzt sicher, daß er nichts wußte über die Beziehung zwischen ihr und Astrid.

Ende Januar bekam das ‚Tageblatt' einen Brief. Zu Händen des Herrn Kolumnisten ‚W'. Ohne Unterschrift: „Sie haben immer interessant und manchmal auch mit viel Humor geschrieben", stand in diesem Brief.
„Ich lese ‚L & K' seit einem Jahr. Ihre letzte Story aber hätten Sie im Schreibtisch lassen sollen! Von den Gefühlen eines überzeugten Katholiken haben Sie ganz offensichtlich keine Ahnung!"

Carla Weber war nicht wenig überrascht, weil sie meinte, daß ihr gerade diese Kurzgeschichte gut gelungen sei.
Sie hatte die Beziehung zwischen einer Katholikin und einem Protestanten dargestellt – schließlich deren Ehe und den Kindersegen.
Ursprünglich wollte sie sogar anstelle ihrer Katholikin ein Moslemmädchen zur Mutter all der Kinder machen.
Das erschien ihr dann jedoch ein wenig zu gewagt. Und so entschloß sie sich zu einer Ehe ‚unter Christen'.
Und nun dieses Schreiben!
Sie ging zu Roland Stern.

„Entweder offener Leserbrief oder die verschlossene Entschuldigung”, sagte Roland Stern.
Sie berieten. Zusammen mit der ganzen Crew. Und dann meinte Carla schließlich: „*Bringt* es doch als Leserbrief! Dann folgen sicherlich noch mehrere! Unsere Zeitung braucht doch so was! Ich denke da auch an den Umsatz!”
Roland Stern sah Carla an. Mit unbeweglichem Gesicht.
Dann stand er auf, ging an seinen ‚ganz privaten' Schrank und stellte eine Flasche Cognac mit fünf Gläsern auf den Tisch.
„Das müssen wir begießen! Carla darf zwei Gläser trinken – wenn sie will!”

Tatsächlich schickten noch ein halbes Dutzend Leser Briefe.
Und alle lobten den Herrn Kolumnisten.
Am Umsatz änderte das aber nichts.

Als Stephan dann am Wochenende kam und wie immer fragte: „Gibt es gute Neuigkeiten?” erzählte Carla von der Reaktion des großen Unbekannten auf ihre Christenstory. Und von den Leserbriefen.
„Wißt ihr denn, daß es ein Mann war, der sich so empörte? Ich halte Äußerungen dieser Art genausogut für weiblich.”
Carla staunte. Daran hatten sie und auch die Crew überhaupt noch nicht gedacht!
„Außerdem”, so Stephan, „ist es ja nichts Neues, wenn Menschen sich in Glaubenssachen intolerant verhalten.”
Er machte eine Pause.
„Wir beide könnten ja auch einmal über unsern Glauben sprechen. Natürlich nur, wenn du es willst.”
„Ich will, mein Lieber. Aber vorher gibt es Abendbrot: Eine Tomatensuppe. Und beim Löffeln sollte man nicht so viel reden!”
„Na, dann später, Carla. Ich habe Wein aus meinem Keller mitgebracht: Maienfelder Roten!”

Die Unart, Wein im Bett zu trinken, kann schlimme Folgen haben.
Man wird es sich vielleicht schon denken: Der teure Maienfelder kippte um und das Malheur war groß und rot!

Von den Bezügen und den Laken konnte Carla nichts mehr retten (ein rosaroter Schimmer blieb auch nach diversen Waschvorgängen im Gewebe!) und die Flasche war fast leer.
Was nun?
Stephan hatte sicherlich den größten Schreck bekommen, während Carla meinte: „Nehmen wir die nächste! Die Federn müssen wenigstens ein bißchen trocknen!"
Und dann gingen sie in Carlas Küche.
Stephan öffnete den zweiten Roten. Und Carla holte Käse aus dem Kühlschrank.

„Jetzt haben wir ganz unvorhergesehen Zeit und können uns in aller Ruhe über die berühmte ‚Gretchenfrage' unterhalten", sagte Stephan und stopfte Carla ein Stück Käse in den Mund.
„Ich weiß noch recht genau, daß wir im Konfirmandenunterricht über Gott gesprochen haben.
Damals fragte Pastor Lübke: ‚Was ist wohl die Seele?'
Und ich war völlig sicher: Die Seele ist ein großer weißer Klecks, und sie kommt von Gott. Und in meinem Kopf lebt dieses Bild noch heute." Carla lächelte. Versonnen.
„Und du? Vielleicht hast du ja ähnliche Erinnerungen?"
Stephan nickte: „Ich war sicherlich viel jünger und weiß es nur von meiner Mutter. Sie hat es sogar aufgeschrieben.
Es muß kalt und regnerisch gewesen sein. Ich durfte nicht nach draußen und empörte mich: ‚Der liebe Gott kann alles! Nur nicht warmes Wetter machen!' hatte ich gerufen und meinen Ball mit einem Fußtritt in den Flur geschossen."
Carla wartete. Sie wußte wohl, daß Stephan längst noch nicht zu Ende war.
„Wenn man nun diesen kleinen Kinderbock auf das Verhalten der Erwachsenen überträgt, gibt es keine wesentlichen Unterschiede.
Die Anspruchshaltung jedes Menschen ist so stark ausgeprägt, daß aus dem kleinen Fußtritt schließlich Krieg entsteht!"
„Anspruchshaltung? Definiere das ein wenig deutlicher!"
Carla hätte sich am liebsten Block und Bleistift an den Küchentisch geholt!

„Denk nur an die Familie: Jedes Mitglied kämpft bewußt und unbewußt – und mit verblüffend unterschiedlichem ‚Gerät'! – um seinen Platz.
Und schon in dieser kleinen Gruppe gibt es Zank und Ärger. Unter den Geschwistern häufig Neid. Und manchmal sogar Haß."
„Du bist sehr pessimistisch!"
„Nein, Carla, nur sehr realistisch!"
„Dann glaubst du vielleicht gar nicht an den sogenannten Weltenlenker?"
„O doch! O doch!"
„Aber Ehrfurcht oder Achtung hast du nicht vor ihm!"
Carla wollte Stephan ganz gewiß nicht in die Enge treiben. Aber eine Antwort wollte sie!
„Ehrfurcht ist ein gutes Wort", sagte Stephan, „und für meinen Gottbegriff sehr passend; denn ich ehre diesen Schöpfer und bewundere die Schöpfung. Aber: Dieser Schöpfer ist auch furchtbar!"
„Zum Fürchten – meinst du?"
„Ja, zum Fürchten. Überleg nur mal, wie oft wir sagen: Das ist ja fürchterlich!
Und jetzt komme ich zurück auf deinen Zeitungsbrief:
Ein Mensch, der solche Briefe schreibt, ist weit entfernt davon, zu ehren... den Allmächtigen, den Schöpfer Himmels und der Erde – wie es in der Bibel heißt. Denn wenn er ehren würde, dann müßte er auch tolerant sein gegenüber Menschen anderer Religionen – ob sie nun katholisch oder evangelisch sind, ob Buddhisten oder Moslems.
Wer die Schuld an solcher Haltung trägt, sei dahingestellt.
Ich selber kenne eine ganze Reihe Pfarrer oder Priester, die den Religionen unserer Welt mit großer Toleranz begegnen.
Ich kenne allerdings auch die Fanatiker!"

Stephan lehnte sich zurück.
Um seinen Mund zeigte sich ein feines Lächeln. Er schien zufrieden mit dem Vortrag.
Carla wartete ein Weilchen – ärgerte sich dann über Stephans

Wohlbehagen und sagte, nicht gerade freundlich: „Mich hast du überhaupt noch nicht gefragt! Meine Welt- und Gottvorstellung ist nämlich eine andere als deine!"
Stephan sah sie an – wollte grinsen und hätte fast von seiner ‚Anspruchshaltung' angefangen.
Aber gute Diplomatenschulung verhinderte das ‚Unglück'. Er sagte nur: „Ich hab es schon erwartet, Carla. Und höre gerne zu."
Doch Carla hatte plötzlich das Gefühl, Stephan würde ihr geliebtes Glaubenshaus zum Einsturz bringen. Und deshalb sagte sie: „Ich möchte meine ‚95 Thesen' noch einmal überprüfen. Und dann werde ich dir alles schriftlich geben.
Warum immer Telefongespräche? Die Post befördert ja auch Briefe!"

Lieber Stephan! 25 Februar 1994
‚Christo darf den Reichstag in Berlin verpacken!'
Das ist heute unsere ‚fette Meldung'. Endlich einmal Positives!
Bevor ich Dir jetzt meine ‚Welt- und Gottvorstellung' definiere, möchte ich dem Hobbykoch ein Rezept zu Füßen legen: ein Rezept für eine köstliche, natürlich auch recht inhaltsschwere Suppe.
Vielleicht bist du dann williger, meine ‚philosophischen Gedanken' anzuhören!

Man schneide viele Zwiebeln – klitzeklein – und schmurgle sie in Butter (Pfanne).
Man zerdrücke drei Reformhauswürfel ‚klare Brühe' mit der Gabel – fülle auf mit Wasser und erhitze alles (Topf).
Danach kommt Käse in die Brühe. Und zwar sehr guter! Weicher Käse, der sich restlos auflöst (mit der Brühe sozusagen ‚eins' wird).
Schließlich Zwiebeln aus der Pfanne in den Topf und alles drei Minuten kochen. (Ruhe, Stephan! Du hast schließlich Zeit! Ich komme ja erst in der nächsten Woche!)

Dann verrührst Du zwei, drei Schüppchen Weizenmehl in Sahne, bis auch nicht das kleinste Klümpchen mehr vorhanden ist (Becher),
läßt erneut die Käse-Zwiebelbrühe kochen und sämst sie ab mit diesem Sahnemehl.
Probieren!
Meistens ist kein Salz erforderlich, denn die Würfel und der Käse reichen aus.
Schließlich gibst Du sehr viel frische Kräuter in die Suppe: Dill und Kresse, Kerbel, Schnittlauch, Sauerampfer. (So etwas kann man fertig kaufen – tiefgefroren!)
Zwei Stunden später stellst Du dann den Topf in Dein Gefrierfach.
Und holst ihn wieder raus, wenn ich am Dienstag komme.
Vergiß nicht Butter und Baguette!
Vergiß vor allen Dingen nicht den Wein! Ich würde gerne mal Johannisberger kosten!

Und nun, Du lieber Stephan, folgt meine ‚Welt- und Gottvorstellung'.
Wie schon gesagt: Ich hoffe auf geneigte Ohren. Aber ich ertrage auch Kritik.

Viel weiß ich nicht mehr von den Texten und Vokabeln, die der liebenswerte Dr. Köhler im Fach Latein erwartete.
Nur ein paar ‚Flügelworte' (Ausdruck meiner Schwester, die übrigens zur Kriegsmarine Kriegsmargarine sagte) blieben im Lateingehirn. Zum Beispiel: ‚ergo bibamus'! Also trinken wir. Manchmal sagt man auch ‚in medias res' und kommt dann längst noch nicht ‚zur Sache'!
Oder man sagt: FATUM EST und meint damit das unabänderliche Schicksal.
Und um dieses Schicksal, Stephan, geht es mir, wenn ich über meine Welt- und Gottvorstellung rede. Und Du darfst es glauben: Ich habe mich mit meinem Schicksalsbild sehr oft befaßt.

Vorab zum Hauptwort ‚Schicksal' ein paar Redensarten:
‚Du kannst dich drehen und wenden wie du willst, es kommt doch alles, wie es kommen soll.' Oder
‚den hat das Schicksal aber hart getroffen.' Schließlich ganz lakonisch:
‚ein schlimmes Schicksal!'

Schon an diesen drei ‚Belegen' wird erkennbar: Schicksal ist im Volksmund etwas Unabänderliches. Schicksal wird geschickt und muß geschehen.

Ich möchte dir ein Beispiel geben für dieses Unabänderliche:
Katjas Mutter sagt: ‚Nimm dich jetzt endlich mal zusammen! Du mußt nur wollen, dann erreichst du auch dein Ziel!'
Katja gibt zur Antwort: ‚Ich will ja, Mama, aber glaube es mir, ich *kann* nicht wollen.'

Und noch ein Beispiel: Du kennst den Sohn von Pastor Lebert. Uli ist jetzt 15. Gut erzogen – wie es heißt. Nach christlichen Geboten. Und ausgerechnet dieser Uli nimmt ein Küchenmesser und tötet seinen Freund.
Unsere Zeitung hat den Fall in allen Einzelheiten dargestellt. Widerlich!! Aber das ist sekundär.
Für mich blieb einzig Ulis Antwort auf die Frage ‚warum hast du das getan?' von Bedeutung. Uli sagte nämlich:
‚Ich mußte es! Ich weiß auch nicht, warum.'

Wieder dieses Unabänderliche! Dieses so erschreckend Unabänderliche!

Widersprich mir, Stephan! Ich fände gerne irgendwo ein Schlupfloch! Allzu gerne!
Wie glücklich sind die Gläubigen:
die Gottes-Gläubigen –
die Allah-Gläubigen –
die Buddha-Gläubigen!

Als ich zum erstenmal in Deiner Küche saß und der Champagner mein Gehirn beflügelte und auch erhitzte, verspürte ich recht eigentümliche Gefühle:
‚Wie ist es möglich, daß du hier... mit diesem Mann...?'
Aber alles Hinter-Fragen ließ nur eine Antwort zu:

‚Es sollte so und gar nicht anders kommen!'
Wie wunderherrlich, Stephan!
Ich danke meinem Schicksal, daß wir in deiner Küche sitzen durften!"

Zwei Tage später hatte Carla einen Antwortbrief:
„... Du meinst: ‚Es kommt doch alles, wie es kommen soll.'
Dann aber, liebe Carla, brauchte sich kein Mensch mehr anzustrengen!
Sprichwörter sind zwar sehr bedenkenswert – aber: Es gibt viele! Beispielsweise jenes: ‚Ohne Fleiß kein Preis!' Oder: ‚Wer nicht sät, kann auch nicht ernten!'
Nein, Carla, meine abendländisch-christlichen Gedanken können Dir nicht folgen.
Es ist so gänzlich ohne Hoffnung, was Du Dir vorstellst! Wir müssen unbedingt noch einmal miteinander reden!
Ich komme in vier Tagen. Und ich freue mich auf unser Streitgespräch (und auf alles andere noch mehr!).
Dein Stephan."
Carla war betroffen. Doch Stephan ließ sich nicht beirren, geschweige denn von Carla überzeugen.
Und Carla konnte sich genauso wenig lösen von ihrem Schicksalsglauben.
Aber beide waren wenigstens so tolerant, daß es nicht zur Kränkung oder gar Verletzung kam.

Ende Juli wurde Stephan völlig überraschend mitgeteilt, daß er für ein Jahr mit seinem Chef nach Irland gehen müsse.
„Das ist berufsbedingt, Carla. Leider. Aber Irland ist ja nicht so weit.
Man fliegt von Zürich bis nach Dublin eine Stunde!"
„Und wie teuer wird das Fliegen, falls ich dich besuchen würde?"
„560 Franken, wenn du eine Woche bleibst. Ich habe mich nach allem schon erkundigt!"
Carla holte aus der Küche ihren Edel-Grappa und zwei Gläser: „Also – trinken wir auf Irland!"

Aus einem Grappa wurden drei. Ungewohnt. Auch für Stephan. Denn beide tranken fast ausschließlich Wein. Und beide waren weder angeregt noch fröhlich nach dem Grappa, sondern müde. Und so kam es wohl, daß Stephan fast die ganze Nacht in Carlas breitem Bett verbrachte und erst am Morgen ‚umzog' in sein Gästezimmer.

In dieser Nacht hatte Stephan einen Traum: „Ich lag in weichen Wolken", erzählte er. „Mit dem Kopf auf einer kleinen Wolke und zugedeckt mit einer großen Wolke. Und dann war es plötzlich kalt. Schrecklich kalt. Und ich wachte auf. Das war alles."

Und nach einer Weile fragte er: „Träumst du auch?"

„Selbstverständlich. Aber niemals von so weichen schönen Dingen! Eigentlich fast immer von verrückten Kämpfen. Manchmal kann ich sogar fliegen. Aber selten. Und am meisten träume ich, daß ich mich verlaufen habe. Schrecklich!"

„Hast du dich denn in der Wirklichkeit schon mal verlaufen?" fragte Stephan – etwas amüsiert. Und Carla nickte heftig mit dem Kopf: „O ja. Und zwar recht oft. Mein Orientierungssinn ist mangelhaft. Ich werde immer Schwierigkeiten haben, mich zurechtzufinden. Aber nun erzähl erst mal, was du in Dublin vorhast. Gestern warst du mir zu allgemein."

„Viel mehr als gestern kann ich dir bisher noch gar nicht sagen. Man hat mein Englisch überprüft und es für gut befunden. Man hat mir ein Geschichtswerk in die Hand gedrückt über Irland und: Man hat mir sehr empfohlen, Golf zu lernen. Zumindest alle Regeln. Die Elite spielt natürlich in Portmarnock, das liegt ein wenig außerhalb von Dublin."

„Und da du zur Elite zählst, wirst du in Portmarnock spielen! Welche Ehre!" Carla grinste.

„Ach, Carla, laß den Neid! Ich werde sicher meinen Chef viel mehr entlasten müssen als in Bern. Aber all das fürchte ich nicht im geringsten. Nur vor dem Linksverkehr und vor den Roundabouts, da habe ich Respekt!"

„Auch auf den kleinen Straßen soll es nicht ganz ungefährlich sein", meinte Carla.

„Die Iren rasen wie die Teufel! Und paß bloß auf, daß dir nicht Schafe vor den Kühler laufen! Und..."
„Du hast die losen Mädchen ganz vergessen, Carla! Und den Whiskey!"

An diesem Morgen waren ihre Liebesspiele sehr zärtlich, sehr begehrlich. Und Stephan nannte seine Carla ‚mon petit diable'.

„*So* nehme ich dich mit nach Dublin!" sagte er und stopfte Carla ein Stück Schokolade in den Mund – Vollmilchschokolade!

Polkas – Jigs und Reels*

Sie kannten sich jetzt fast zwei Jahre. Und hatten sich sehr regelmäßig aufgesucht. Meistens an den Wochenenden.
Für Stephan waren diese Wochenenden – wie er selber sagte – „Belohnung für die Arbeit, Anregung für den Geist und Labsal für die Seele". Und für Carla galt genau dasselbe.
Beiden fiel die Trennung schwer. Doch beide hatten auch schon einen Plan: „Ich werde Roland Stern gegebenenfalls gleich zwei von meinen Kurzgeschichten geben", meinte Carla, „auf Vorrat sozusagen. Dann könnte ich ganz ohne Skrupel zwischendurch nach Dublin kommen."
Und auch Stephan wußte Rat: „Der Jahresurlaub wird gesechstelt. Rechne mal, wie oft ich dann in deiner Küche bin!"
„Doch hoffentlich nicht nur in meiner Küche, Stephan!" sagte Carla etwas boshaft.

Stephan war gerade einen Monat auf der Insel als ihn die Schreckensbotschaft aus der Schweiz erreichte:
Esther, seine Frau, hatte einen schweren Autounfall. Zusammen mit Ricardo, ihrem Freund. Ricardo saß am Steuer und war mit seinem Wagen gegen einen Baum geprallt und dabei erblindet.
„Schleudertrauma" lautete die Diagnose.
Esther hatte scheinbar Glück gehabt: Sie konnte sehen! Aber von der Hüfte abwärts war ihr Körper ohne jegliches Gefühl.
„Das kommt wieder", tröstete der Unfallarzt – obwohl er gar nicht sicher war.
Natürlich dachte Stephan zuallererst an Axel, an den Sohn. Aber auch an Esther.
Sie waren zwar geschieden – schon seit zehn Jahren –, trotzdem traf ihn diese Nachricht wie ein Schlag.
Was sollte werden, wenn Esther nur im Rollstuhl existieren müßte? Und welche Folgen hätte erst Ricardos Blindheit?
Mit diesen sehr belastenden Gedanken verbrachte Stephan fast zwei Wochen. Dann rief sein Vater an und meldete: „Axel ist

*Tänze

bei uns. Mach dir keine Sorgen. Aber Esthers Zustand hat sich nicht verändert."
„Und Ricardo?" fragte Stephan.
„Ja, der Ricardo ist im wahrsten Sinn des Wortes mit dem Schreck davongekommen: Er kann wieder sehen und ist sogar schon im Büro." Und nach einer Weile sagte er: „Wir beide, Mutter und auch ich, haben kein Vertrauen in den Burschen. Und Esther ist zu allem fähig."
„Du meinst...?"
„Jawohl, das meinen wir."

Und so wurde es dann später auch:
Esther – die es niemals zugelassen hatte, daß Ricardo seine Anwaltspraxis in der Wohnung neben ihrer eigenen Praxis aufschlug –, Esther bat ihn jetzt, ganz und gar zu ihr zu ziehen! Sie nicht allein zu lassen!
Ricardo aber lehnte ab. Trotz eines Geldversprechens, das Esthers Vater ihm gegeben hatte. Vielleicht sogar gerade wegen dieses Angebotes.

Den ersten Suizidversuch unternahm die schöne Esther am 13. August, am Geburtstag von Ricardo.
Und weil sie wußte, daß er kommen würde, um an diesem Abend ein Glas Wein mit ihr zu trinken, wurde dieser Suizidversuch verhindert.
Esther – hochgeschminkt und dekoriert mit reichlich teurem Schmuck – kam für eine Nacht ins Krankenhaus.
„Traurig und auch schrecklich", schnarrte Stephans Stimme durch das Telefon.
„Ich wünsche sehr, daß du nach Dublin kommst! Bald, Carla!"
Und Carla flog am Wochenende. Und blieb sechs Tage.

Sie wohnte – wundervoll – bei Lizzis Eltern. Zehn Minuten Fußweg von der Botschaft.
Lizzis Eltern waren vielen Botschaftsangehörigen bekannt. Und Lizzi selbst natürlich auch.
Sie bediente in der ‚Mensa', war rund und rötlichblond und kannte alle ihre ‚Gäste'.

Und wenn man Lizzi fragte: „Have you got any vacancies? For one week?” dann strahlte sie.
Und niemand fuhr nach Hause ohne Lob für Lizzis Eltern.

Lizzis Eltern hatten einen kleinen food store in ihrem kleinen eigenen Haus. Unten. Sozusagen ebenerdig. Und darüber wohnten sie. Und oben unterm Dach waren zwei sehr kleine Zimmer, eine Dusche und auch ein WC.
Das ganze ‚Obere' kostete pro Woche 50 Franken. Mit breakfast selbstverständlich.
Und dieses ‚Obere' hatte Stephan gleich nach dem Telefongespräch gemietet.
Und Lizzis Daddy sagte ihm sofort, daß auch er dort oben schlafen könne. Dann koste es natürlich etwas mehr!
Sie einigten sich schnell auf 70 Franken. Und bekräftigten den Mietvertrag mit einem Cream Tea, den Lizzis Mami schon bereitet hatte.

Welch ein Glück! Welch herrlich laute Zimmerchen! Welch wonnig schlimmes breakfast!
Aber trotz der Mängel fühlten sie sich wohl. Nur manchmal hatte Stephan Angst, daß das Bett zusammenbricht!
Carla lachte dann und sagte: „So etwas muß es schon ertragen, Stephan!”

Irland ist ein Doppelsprachenland.
Lizzis Eltern sprachen noch das alte Gälisch. Auch in ihrem Laden. Mit Stephan redeten sie aber englisch. Wie sicherlich mit vielen ihrer Kunden.

Bis weit hinein ins 19. Jahrhundert war Gälisch die Muttersprache der Hälfte aller Iren. Wer jedoch Karriere machen wollte – egal in welcher Stellung – mußte englisch sprechen. Und in der Schule gab es sogar Prügel, wenn ein Kind das Gälische benutzte. Als Folge dieser Unterdrückung wurde 1893 ein Verein zur Förderung des Gälischen gegründet: die Gaelic League. Gälisch wird seither auch wieder in den Universitäten angeboten. Denn wer alte Mythen oder Sagen lesen will (im Urtext), der muß gälisch können.

Auch die Volkstumdichtung aus dem 16. und 17. Jahrhundert wurde gälisch aufgeschrieben.
Erst im 18. Jahrhundert begann die große Zeit des Anglo-Irischen und verbreitete sich beinah weltweit.
Millionen Kinder lasen ‚Gullivers Reisen' von Jonathan Swift. Und Millionen Erwachsene amüsierten sich über den Professor Higgins und Eliza – die ‚Fair Lady', die Bernhard Shaw ‚geboren' hatte.
Und dann kam Becket und ließ uns ‚Warten auf Godot'. Und schließlich Joyce mit seinem beinah mythischen ‚Ulysses'.

Nicht zu vergessen: die Musik der Iren: die Polkas, Jigs und Reels und natürlich der berühmte Dudelsack (gälisch: Ellenbogen, weil unter dem Ellenbogen der Blasebalg gepreßt wird und Töne erzeugt.)
Doch ebenfalls nicht zu vergessen: die Schlacht am River Boyne am 1. Juni 1690. Die Wende in der irischen Geschichte.
Sieger sind die Briten, die Protestanten. Sie haben alle Macht und nehmen sich den größten Teil der Ländereien.
Die Iren selbst behalten kaum das Nötigste.

Und als schließlich (ab 1847) jener große Hunger herrschte, verließen Hunderttausende ihr Land, um in Amerika und Kanada zu überleben.

Alte Sagen – Gulliver und die Fair Lady, auch Dudelsack und Whiskey (im Gegensatz zum schottischen mit einem ‚e' vor ‚y' geschrieben), all das ist Irland.
Leider aber auch die Auseinandersetzung zwischen den Religionen! Bis zur Gegenwart.

Sie sprachen oft von den Verhältnissen im Norden: von der IRA* und von dem Fanatismus bei den Protestanten.
Und Stephan sagte eines abends – als beide in der Lower Bridge Street saßen, im ältesten der etwa 750 Pubs, und ein Starkbier tranken, das berühmte Guinnes (Irlands Nationalgetränk!): „Du hast schon recht: Der Mensch ist festgelegt. So wie er war, so bleibt er. Keine allzu fröhliche Erkenntnis!"
Carla nickte nur.

* Irisch-Republikanische Armee

„Auch Esther hat sich nicht geändert: Ringe, Ketten, Broschen und dann die Tabletten.
Ich bin manchmal wütend, daß sie Axel so was antut. Sie – als Mutter und als Ärztin – muß doch wissen, wie ein Kind darunter leidet!"
„Das weiß sie auch. Aber, Stephan, was nutzt alles Wissen, wenn das ‚andere' stärker ist?"

Sie waren wieder bei dem alten Thema. Aber nicht sehr lange. Denn es setzte sich ein Mann an ihren Tisch – neben Stephan. Ein Mensch, den man ganz ohne Übertreibung mit dem Eigenschaftswort ‚außerordentlich' bezeichnen konnte. Er hatte äußerst kurze Beine und einen langen Oberkörper. ‚Sitzgrößen' nennt man solche Wesen.
Dieser Oberkörperlange zeichnete sich außerdem durch diverse andere Eigenarten aus.
Er musterte erst Stephan und dann Carla mit eigentümlich grünen Augen. Seine Haare waren schulterlang und irisch rot.
Am kuriosesten jedoch wirkten seine Hände.
„Wie ein Organ Utan", dachte Carla, „nur diese Menschenaffen tragen keinen Frack!"
Aber kaum saß der Behaarte als von allen Seiten Stühle an den Tisch geschoben wurden.
Und einer aus der Runde reichte Carlas ‚Orang' eine Geige.
Und dann brachte die Serviererin sicherlich zwei Dutzend dunkle Biere. Alle griffen zu. Auch Stephan, dessen Glas schon leer war.
Und schließlich wurde es mucksmäuschenstill. Und der Behaarte spielte! Ganz wundervoll, ganz zart! Dann wieder aggressiv und beinah krächzend.
Er spielte, und er sang.
Nicht englisch sang er. Sondern gälisch.! Und alle Iren sangen mit. Den Kehrreim.
Nach einer Viertelstunde gab es ein zweite Runde (diesmal auch für Carla!). Dann zirpte seine Geige: dreimal – so als hätte eine Glucke ihre Küken aufgerufen.
Alle standen auf.

Und jeder der wohl zwölf bis vierzehn Gäste mußte sich jetzt produzieren: Der eine sagte ein Gedicht auf, der andere sang ein Lied. Sie sangen auch zu dritt, zu viert.
Und der Behaarte nickte wie ein netter Lehrer, der seine Schüler lobte.
Jetzt war Stephan an der Reihe: Alle kuckten Stephan an. Auch Carla.
„Was wird der arme Mensch bloß tun?" dachte sie.
Aber Stephan sagte – souverän! – „I love your country. And she too!" zeigte mit dem Bierglas in der Hand auf Carla, und jeder in der Runde klatschte.
Dann kam ein Junge – 15 oder 16 Jahre alt –, hielt allen seinen Teller hin. Und alle zahlten.
Ein Punt war wohl der Preis. Wer konnte, zahlte mehr.
Und später erst erfuhren beide, daß dieser haarige Befrackte ein armer Schlucker war. Aber einer von den ‚Ihren' – ein Vaterländischer.
„Warum auch nicht", meinte Carla, als sie in ihren Betten lagen – oben in den Stübchen.
„Ich frag mich nur, wer all die Stouts bezahlt hat", meinte Stephan.
Aber Carla schlief bereits. Und Stephan stellte ein Glas Selterwasser an ihr Bett.

Den Jahreswechsel wollten beide in der Botschaft feiern. Denn Stephan hatte ‚Dienst'.
Und weil zwei andere Botschaftsangehörige – Dr. Zoll und Frau Malinke – ebenfalls in Dublin bleiben mußten, hatte man ein ‚Fest zu viert' geplant. Carla buchte vorsichtshalber schon drei Wochen vorher einen Hin- und Rückflug.

Aber alles sollte anders kommen:
Stephans Vater war sehr plötzlich schwer erkrankt. Und weil sowohl der Hausarzt als auch ein Professor Internist vom ‚Schlimmsten' redeten, bekam der Dr. Kolbe Urlaub. Und flog am 23. Dezember in die Schweiz. Zu seinen Eltern und zu Axel, seinem Sohn.

Wie gut! Er konnte seinen Vater noch ein letztes Mal besuchen, mit ihm reden, auch mit ihm lachen.
Acht Tage später, am 31. Dezember, starb der Vater. „Es ist das traurigste Silvester in meinem ganzen Leben", sagte Stephan als er um Mitternacht bei Carla anrief.

In Carlas ‚Tageblatt' stand pünktlich am Silvestertag ein Resümee des Jahres. Produziert vom Chef des Hauses, angereichert mit Humor und Spott.
Er schrieb in knapper Form das Folgende:
Unsere Schweizerische Eidgenossenschaft zählt 7,1 Millionen Menschen.
Bundespräsident für 1995 wird Herr Kaspar Villiger.
Wir sprechen deutsch, französisch, italienisch und in Graubünden auch rätoromanisch.
Unsere Hauptstadt ist noch immer Bern.
Unsere schönste Stadt ist Basel (oder etwa nicht?).
Wir lieben unsere Berge, und wir lieben unsere Banken.
Die ‚Fremden' bringen zwar Devisen, aber besser sollten sie ihr Geld gleich überweisen und zu Hause bleiben (nein?).
Wir schätzen unsere Kunst – vor allem unser Baseler Münster.
Wir verehren unsern Arnold Böcklin und Alberto Giacometti.
Wir lauschen Johann-Heinrich Pestalozzi und Jean-Jaques Rousseau.
Wir lesen immer wieder Gottfried Keller und schwärmen für Max Frisch und Friedrich Dürrenmatt.
Vor allen Dingen sind wir stolz auf unsere Schweizergarde, die den Papst vor Andersdenkenden beschützt!
Nicht zu vergessen: Unsere Uhrenindustrie! Die Welt wird zeitlos ohne ‚Tissot' und ‚Omega'. Und Zeit ist schließlich Geld. Das ist allen Schweizern wohlbekannt.
Schließlich unser Schweizer Käse. Mit den vielen Löchern! Welch ein genialer Einfall!
Und zum Schluß: Herr Albert Schweitzer. Den hätten wir natürlich auch sehr gerne. Aber erstens schreibt er sich mit einem ‚t' und zweitens stammt er aus dem Elsaß.

Die Redaktion wünscht allen Lesern sehr viel Positives im Jahre 1995!
Ihr Roland Stern.

Und auf der letzten Zeitungsseite stand ein Neujahrsgruß von Carla: Natürlich eine ihrer L & K-Geschichten. Und gleich daneben ein Vermerk der Redaktion:
Carla Weber hat ihr erstes Buch herausgegeben mit 50 L & K-Geschichten im Altenstadt-Verlag zum Preis von 13,80 sfr.

Der Verlag in Basel zählte nicht zu den bekanntesten. Er war noch ‚jung'. Hatte aber ein gewandtes Management, ein kompetentes Lektorat und eine kreative Graphik- und Design-Abteilung!
Carla fühlte sich gut ‚aufgehoben'.
Und als sie dann im März des neuen Jahres ihr erstes Buch in Händen hielt, war sie glücklich.
Nicht nur Stephan gratulierte. Auch viele ihrer Freunde, die ein Exemplar bekommen hatten, reagierten positiv. Vor allen anderen natürlich Astrid.
Astrid schickte einen Rosenstrauß und ein ‚Doppelpack' Pralinen.
Am wichtigsten für Carla aber war das Urteil ihrer Schwestern. Insbesondere der Schwester Dorothea, die – am gleichen Tag geboren genau drei Jahre jünger war als Carla.
Von Dorothea wußte Carla: Sie wird nicht loben, wenn es nichts zum Loben gibt.
Dorothea lobte. Kritisch! Die zweite Schwester fand das Buch recht ‚interessant'. Die dritte Schwester reagierte gar nicht. Stephan hatte ja schon damals, als er von der ‚Anspruchshaltung' eines jeden Menschen sprach, an diesen Tatbestand erinnert.

Stephan hatte seinen Irlandaufenthalt am 14. April beendet. Und 48 Stunden später saß er schon in Carlas Küche.
Glücklich! Strahlend!
Es war Ostersonntag.

Die Sonne spielte in den Fensterscheiben. Und Carlas größte Vase war prall gefüllt mit gelben Glockenblumen.
„Möchtest du Kakao oder lieber Tee?" fragte Carla.
Stephan sah sie an: „Ich möchte dich begrüßen!"

Viel später tranken sie dann doch noch Tee. Mit Zimt und süßer Sahne.
Und dann machte Stephan seinen Urlaubsvorschlag: „Was hältst du – beispielsweise – von einer Fahrt ins Elsaß?"
Er selbst war schon recht oft in Straßburg. Aber all die kleinen Orte, rundherum' kannte er noch nicht.
Und weil Carla ihre Ferien selbst bestimmen durfte (sie war ja ‚freie Mitarbeiterin') – vor allem aber, weil sie gar nicht gerne in den heißen Sommertagen unterwegs war –, freute sie sich über Stephans Angebot.
„Mit der Bahn – oder mit dem Auto?"
„Mit dem Auto, Carla. Keine Angst, ich bin ein guter Lenker! Auch in den Bergen. Wir fahren: Basel-Attenkirch-Mühlhausen bis nach Tann. Und übernachten dort."
Dann holte Stephan eine Autokarte, breitete sie aus auf Carlas großem Eßtisch und fuhr mit seinem Zeigefinger von Basel bis nach Straßburg: „Und dort lade ich dich ein: Geschenk für deine Buchpremiere. Wir gehen ins Haus Kammerzell. Mehr verrate ich noch nicht. Aber du wirst staunen! Und nicht nur deine Augen! Auch deine Zunge und dein Gaumen werden jubilieren.

Ich habe dir auch einen Reiseführer mitgebracht.
Falls du Lust hast, lies darin. Dann kannst du mich vor Ort belehren!"
Carla aber hatte wenig Lust, so viel an Vorarbeit zu leisten!
„Ich stellte mir die Elsaßreise eigentlich ganz anders vor!" sagte sie. „Außerdem hast du mich eingeladen, also..."
„... ist das meine Angelegenheit!"
Stephan spielte den bedauernswerten Überforderten. In Wirklichkeit war er ganz froh; denn er hatte schon vor seinem ersten Straßburg-Aufenthalt ein Papier über ‚Land und Leute' angefertigt und sogar Lob erhalten!

Und diese Ausarbeitung lag noch immer in der Mappe: ‚Reden für den Chef'. Und jetzt endlich konnte er sie auch für sich verwenden!
Carla würde staunen! Er wollte ihr so richtig imponieren. Und das konnte man bei Carla stets am besten, wenn es um Kulturgeschichte ging.
„Ich bringe dir in einer Woche meine Vorbereitung mit. Bis dahin schaffe ich es. Hoffentlich!"
Ach, Stephan, Schwindler!
Erst als sie später in dem kleinen Molsheim in der Metzig etwas zu viel Wein gekostet hatten, gab Stephan seinen ‚Schwindel' preis.
In dieser Rede stand unter anderem, daß man nicht den großen Sohn der Stadt, Herrn Claude Rouget, vergessen dürfe. Denn immerhin habe Frankreich ihm die Marseillaise zu verdanken. Ganz zum Schluß dann noch ein Hinweis auf die Kirche Saint-Pierre-le-Jeune.
Carla las: „Mit dieser Namensgebung zeigten damals wohl die Gläubigen ihre Liebe und Verehrung für Simon Petrus, der als Apostel Jesu bis nach Rom kam, dort 25 Jahre Bischof war und von Nero hingerichtet wurde."
Sie stutzte, las den Abschnitt noch ein zweites und ein drittes Mal. Und schließlich rief sie Stephan an. Während seiner Dienstzeit! Und ohne Umschweife polterte sie los: „Dein ‚Vademecum' für das Elsaß ist sehr amüsant und lehrreich. Danke. Aber, Stephan, was soll dieser Abschnitt über Petrus? Du weißt doch nur zu gut, daß es einen Bischof Petrus gar nicht gab. Historisch meine ich. Und, Stephan, auch Nero schiebt man vieles in die Schuhe!"
Zunächst war Schweigen an der anderen Seite. Dann aber wurde Stephan fast so heftig wie seine überschlaue Carla: „Ganz sicher haben Kirche oder Glaubensbünde immer wieder Textpassagen in ihre Schriften aufgenommen, die wissentlich gefälscht und somit auch bedauerlich und sogar unmoralisch sind. Aus machtpolitischen Erwägungen.
Aber, Carla, solche Winkelzüge findest du mit Leichtigkeit genau

so bei den sogenannten Weltlichen: bei Königen und Generälen, bei Präsidenten oder Wirtschaftsbossen.
Ich weiß natürlich, daß es ohne diese Petrus-Fälschung gar kein Papsttum gäbe! Trotzdem – ja, bei allen Schwächen, oft sogar Brutalitäten! – hat die Kirche eine äußerst wichtige, eine gar nicht zu ersetzende Funktion im Leben vieler Menschen. Der allermeisten Menschen sicherlich!"
Carla hatte sehr geduldig zugehört. Beruhigt war sie nicht.
„Ich hoffe, daß wir dieses Thema noch ein anderes Mal verhandeln können, Stephan! Vielleicht in Straßburg!"
„Ach, Carla", sagte Stephan, „du bist wunderbar und schlimm!"

Schon zwei Tage nach dem ‚Kirchenstreit' meldete sich Stephan wieder. Und zwar kurz vor sieben Uhr. Am Morgen!
Carla war erbost: „Wenn du mich schon aus meinem Tiefschlaf holst, dann mach zumindest die Rasiermaschine aus!"
„Ach so der Apparat", sagte Stephan, „daran hab ich nicht gedacht. Aber stell dir vor, wir können bei Andreas wohnen! In Straßburg! 14 Tage ist er weg! Das bedeutet: kein Hotelgeld! Auch sein Auto überläßt er uns! Na, wie findest du das alles?"
Carla war inzwischen nicht nur wach, sondern hellwach: „Das ist knuspergöttlich!" flötete sie durch den Äther. „Dann können wir ja richtig schlemmen!"
Stephan wußte auch bereits die Zugverbindung: „Neun-Uhr-24 Basel, zehn-Uhr-43 Straßburg. Hin- und Rückfahrt circa 80 Franken!"
„Toll, Stephan! Formidable! – Woher kennst du den Andreas eigentlich?"
„Studienfreund. Lange her. Aber immer noch sehr zuverlässig."

An dieser Stelle muß man wohl erwähnen, daß sowohl Stephan als auch Carla nicht zu den Großverdienern zählten. Stephan brauchte zwar laut Scheidungsurteil nichts für seinen Sohn zu zahlen. Er bezahlte aber dessen ungeachtet das Internatsgeld. Denn zumindest wollte er beteiligt sein an Axels Werdegang.

„Ich habe neben meiner Praxis viel zu wenig Zeit für Axel", hatte Esther ihm erklärt. „Und dieses Internat soll ganz vorzüglich sein!"
Vorzüglich.
Ja, das stimmte. Jedenfalls hinsichtlich der Beschulung. Aber Wärme und Geborgenheit fand Axel nicht.
Stephan hatte sicher oft Gewissensnot. Und war daher froh, daß Axel seine Ferien bei Omama und Opapa verbringen konnte.

Das kalte Wolkenbett

Für diese Reise in das Elsaß hatte Carla sich einen neuen Rucksack zugelegt. Und sie hatte auch den ‚feinen' Stephan überreden können, eine ‚Rückentrage' anzuschaffen. Und Stephan mußte später eingestehen, daß solch ein Rucksack angenehmer ist als jeder Beutel.

Sie fuhren also mit der Bahn.

Und fanden eine Wohnung vor, die den Besitzer ganz gewiß als ‚Lebenskünstler' auswies.

Und Carla trillerte mit sichtlichem Vergnügen (angelehnt an Herrn Puccinis ‚La Bohème'): „Wie lausig ist dies Häuschen! Erlaubt, daß ich es ordne!"

Stephan säuberte indessen den Kamin und begann sofort danach zu heizen. Das Außenthermometer zeigte nur knapp 17 Grad! Dann endlich war die ‚Vorarbeit' geleistet. Sie tranken Tee und aßen alle Reste ihrer Reisebrote.

Wundervoll sind solche Brote! Schon der Duft ist ungeheuerlich verlockend, weil Brot und Butter, Schinken, Käse oder Wurst durch längere Behausungen im Pergamentpapier (und äußerst eng beisammen!) ungewollt Odeur und Konsistenz verlieren:

Das Brot gibt nach, wird weicher. Die Butter dringt in jedes Schlupfloch. Der Käse mindert seine Aggressionen. Der Schinken und die Wurst erinnern an die Räucherkammern!

Ein friedliches Gemisch. Zum Wohle unserer Zungen, unserer Gaumen!

Dann faßte Stephan in die Jackentasche und stellte eine kleine Flasche auf den Tisch: „Mirabellenschnaps!" grinste er. „Gläser gibt es reichlich!"

(Um es gleich zu ‚melden': Beide tranken während ihrer Reise immer wieder gerne einen scharfen Obstler. Ob Kirsch, ob Quetsche oder Mirabelle.)

Nach einer Weile sagte Carla: „Ich hab dir unsere Zeitung mitgebracht. Von gestern. Wenn du willst. Den Leitartikelschreiber kennst du ja."

Stephan nahm das Blättchen, setzte sich noch näher an das offene Feuer und las den kurzen fettgedruckten Abschnitt auf der ersten Seite:

Am 8. Mai vor 50 Jahren war der Krieg zu Ende – der Zweite Weltkrieg! Sieger und Besiegte gedachten dieses Tages: In Moskau auf dem Roten Platz fand eine Militärparade statt. Mitterand, Ministerpräsident von Frankreich, hielt eine Rede. In London lächelte die königliche Großfamilie vom Balkon des Buckingham-Palastes. Und der Präsident der USA, Bill Clinton, war zu Gast bei Boris Jelzin, dem Präsidenten Rußlands, um in Moskau das Siegesdenkmal einzuweihen."

Stephan hatte laut gelesen. Und etwas leiser sagte er: „Von uns steht gar nichts drin."
Carla aber stellte fest: „Wir schweigen ja auch immer! Ich würde schon ganz gerne wissen, welche Diktatoren dieser Erde ihr Gold auf Schweizer Banken haben!"

Sie schliefen beide gut in dieser ersten Straßburg-Nacht. Und saßen schon um sieben Uhr am Frühstückstisch. Allerdings noch nicht gebadet und schon gar nicht angezogen. Stephan hatte abends die zentrale Heizung angeschaltet. Das Haus war wohlig warm.
Carla kochte Tee. Den fand sie im Regal. Neben Kandis, Marmelade und einer Packung Knäckebrot. (Für ein Baguette beim Bäcker war es noch zu früh.)
Sie aßen in der Küche. (Wo auch sonst?)
Diese Küche war nach all dem Abwasch gar nicht ungemütlich. „Wir kaufen einen Blumentopf", sagte Carla, „und zwei große Stoffservietten. Bunte! Dann wird es hier noch heimatlich! Aber: Nun erzähl mal erst – was hast du geträumt? Du weißt,

der erste Traum in einem fremden Haus geht in Erfüllung!"
„Da kann ich dir nichts Neues bieten", sagte Stephan.
„Ich habe wieder von dem Wolkenbett geträumt. Von dem großen und dem kleinen weichen Kissen. Komisch. Und so deutlich!"
„Aber nein! Nicht komisch! Du wünschst dir sicher weiche Kissen!"
„Weiche Kissen schon. Aber nicht so kalte!"
Stephan kratzte etwas Marmelade auf sein Knäckebrot: „Wir dürfen keinesfalls Baguette vergessen, Carla. Und Käse! Frühstück ist doch eine unserer liebsten Lieben!"
„Eine! Stephan.
Ich kenne außer Frühstück noch diverse andere. Beispielsweise: streiten! Und, heute mittag: Kammerzell! Du hast es mir gelobt!"
„Und vorher – Carla – den Europarat. Dann haben wir den Pflichtteil hinter uns. Denn jeder, der nach Straßburg kommt, sollte dort gewesen sein. Weil dieses Haus die Gegenwart der Stadt symbolisiert!"

Sie fuhren mit dem Auto. In die Neustadt. Bis zum Palais de l'Europe. Und gingen selbstverständlich auch hinein.
Carla – stets historisch interessiert – hatte zwei von den ‚Besucherangeboten' mitgenommen: die ‚Geschichte des Europarates' und ‚Straßburg – kurz gefaßt'.
„Über den Europarat weiß ich ja Bescheid, durch dich", sagte Carla, als sie auf dem Rückweg waren. „Aber ‚Straßburgs Vita' scheint mir hier in diesem Blättchen – trotz deiner Vorinformationen – lesenswert."
„Dann lies doch mal, wenn's nicht zu lang ist."
Und Carla las:
Bei dem Namen Straßburg
Denkt man gleich an vieles:
an Meister Gottfried, der das Epos Tristan und Isolde dichtete,
an das Münster mit dem berühmten Engelspfeiler,

an die Maison Kammerzell, jenes ganz besondere Bürgerhaus (heute feinstes Restaurant!)
und nicht zuletzt an Straßburgs wechselvolles Schicksal:
Erst 1618 wurde unsere Stadt französisch,
nach 1871 preußisch,
nach 1918 wieder französisch,
ab 1939 deutsch,
nach 1945 dann erneut französisch.

In diesem Hause tagt seit 1977 ein Kuratorium zur politischen, sozialen, wirtschaftlichen und auch kulturellen Partnerarbeit vieler Staaten aus Europa.

Welche Stadt wäre wohl geeigneter für Zusammenkünfte solcher Art als Straßburg!

„Das stimmt!" sagte Stephan. Und nach einer Weile: „Wir müssen tanken! Dieser Citroën frißt im Stadtverkehr eine ganze Menge!"

Tanken – kurzer Einkauf, nur ein Tee zu Hause – und dann marschierten sie direkt zum Kammerzell!
Ja, sie gingen brav zu Fuß. Wohl eine halbe Stunde. Und der Hunger war schon groß als sie ‚Au premier étage' die Speisekarten in den Händen hielten.
„Wähle, Carla! Du bist mein Gast! Wir feiern deine Buchpremiere!"
Carla brauchte gar nicht lange. Sie wußte: „Lammcarrée! Und dazu einen weißen Riesling. Auch wenn ihn andere Leute zu Fisch und Austern trinken!"
Stephan lächelte. Aber keineswegs ironisch. Nein: Stephan freute sich über Carlas Lustgefühle!
„Und zum Nachtisch, Carla? Hast du dich da auch schon fest entschieden?"
„Nein, Stephan. Erst einmal richtig gutes Fleisch. Und reichlich guten Wein!"
„Und zuvor ein kleines Glas Champagner, Carla. Und ein wenig Weißbrot. Einverstanden?"

Beide waren ganz gelöst. Ganz vertraut.

Und beide fühlten dieses Außerordentliche.
„Ich liebe dich."
Carla hatte diesen Satz gesagt – ohne ihren Willen. Wie eine große Welle hatte sich der Satz gebildet. Und dann war er nicht mehr aufzuhalten.
Stephans Augen glänzten: vor Glück. Vor Jubel. Und vor Dankbarkeit.

In diesem gar nicht günstigen Moment erschien ein lächelnder Garcon. Mit einem Körbchen Weißbrot. Warm und duftend.
Und Stephan gab ein wenig ungelenk die Bestellung für das Mittagessen auf.
Dann aber wurde es ein Schmaus, so reichlich und so ausgedehnt, daß beide nur noch ruhen wollten.

Und erst am Spätnachmittag gingen sie erneut in Straßburgs Altstadt.
Und stiegen sogar auf den Turm des Münsters. Mit Mühe!
Wie weiland Johann Wolfgang Goethe – Deutschlands Dichterfürst.

„Solch einen Urlaub mag ich, lieber Stephan: ein Gemisch aus Kunst, Kultur, mit gutem Essen und durchaus mit kleinem Muskeltraining!"
Carla süffelte den heißen Morgentee. Und Stephan legte eine Ansichtskarte neben ihren Becher.
„‚Klein Frankreich', Carla. Da gehen wir heute hin. Ein wunderschöner, malerischer Stadtteil Straßburgs. Für mich der eindrucksvollste.
Früher wohnten dort die Handwerksleute. Die Gerber beispielsweise. Wir werden in der ‚Gerberstub' zu Mittag essen. Ich hoffe, es gefällt dir!"

Wem sollte solch ein ‚Petit France' wohl nicht gefallen! Der Tourist ist ja auch stets besonders angetan vom ‚Alten'. Übersieht natürlich, daß Menschen, die ursprünglich in den Häusern wohnten, keinerlei Bequemlichkeiten hatten.
Denn wer von uns Verwöhnten möchte heute wohl verzichten auf Strom, auf Heizung, auf ein Badezimmer?

Aber trotzdem fand auch Carla dieses ‚kleine Frankreich' wundervoll – idyllisch.
„Und der Zwiebelkuchen schmeckt mir fast so gut wie's Lammcarrée", meinte sie. Ganz ernst.

Im ‚kleinen Frankreich' kauften sie nebst Obst und Weißbrot dann auch zwei Servietten. Blaugrün kariert. Und einen Blumentopf mit gelben Ringelblumen.
„Jetzt fehlt nur noch ein guter Rotwein, Carla. Dann können wir heute abend tüchtig streiten! Ich habe nämlich ‚Material' im Koffer."
„Über Schicksal und Religion?"
Carla Weber, die stets ‚hungrig' war auf solchen Streit, beschleunigte ganz automatisch ihre Schritte – blieb nicht mehr stehen, um, ah' und, oh' zu sagen, ob all der herrlich bunten Häuser.
Carla wollte schnell nach Hause!
Stephan aber hatte keinesfalls den alten Streit im Sinn.
„Nein, mein geliebtes Wesen", sagte er, „über die Religion und übers Schicksal sind wir uns doch einig,
Du hast deine Sicht. Ich hab meine. Da kann man nun – bei aller Liebe – gar nichts ändern!"
Das saß.
Und Stephan Kolbe hatte recht. Und Carla wußte nur zu gut, daß er genauso stark war wie sie selbst.
„Was willst du mir denn bieten?" fragte sie. Ein wenig spitz. Und am liebsten hätte sie auch noch gesagt: „Katholiken haben sowieso das Himmelreich gepachtet!" Aber diesen Hieb verschluckte sie.
Man war ja schließlich auf der Urlaubsreise! Und: Andreas hatte nur ein Bett. Ein breites zwar. Aber auf dem Sofa wollte Carla auch nicht gerne schlafen.
„Warte doch noch etwas", sagte Stephan. „So ungeheuer spannend ist es sicherlich auch nicht. Nur ein Thema, das uns beide angeht."
Er legte seinen Arm um Carlas Schulter: „Wollen wir da drüben nicht noch einen Kaffee trinken?"

Sie tranken Kaffee. Und sie aßen Kuchen. „Süß beruhigt", dachte Carla. Und das stimmte.

Es war kalt zu Hause! Und Stephan drehte nicht nur die zentrale Heizung höher. Er machte auch ein Feuer im Kamin. Und schließlich saßen sie – geduscht – in Nachtgewändern vor dem offenen Ofenloch. Und Carla wartete.
Der Rotwein schmeckte mäßig.
„Weil er nicht genügend lange atmen konnte", meinte Stephan. „Rotwein sollte man bestimmt drei Stunden vor dem Trinken öffnen."
„Dann gieß ihn doch in einen Krug", riet Carla. „Und stell ihn warm! Ans Feuer!
Und wo bleibt deine Überraschung?"
Stephan hatte alles längst bereit.
Er griff in die Pyjamatasche und reichte Carla einen dünnen Band ‚Kulturgeschichte'. Mit dem Untertitel ‚Das Essen und die Liebe'.
„Ein wenig lese ich mal vor, wenn du magst." Carla nickte. Stephan nahm das Buch, schlug die Seite sieben auf und begann: „Was in Isoldes Liebestrank war, wissen wir nicht so genau. Wir kennen nur die Wirkung:

> *‚Meine Freundin, du bist schön', sagte Tristan. ‚Deine Mitte ist gleich einem runden Becher. Dein Bauch ist wie ein Weizenhaufen, umsteckt mit roten Rosen. Und deine Brüste sind wie Wein. Deine Lippen triefen von geseimtem Honig. Du bist ein verschlossener Garten.' ‚Mein Freund', entgegnete Isolde, ‚komm in meinen Garten und iß die edlen Früchte.'"**

„Ja, das Essen und die Sexualität gehörten immer eng zusammen", erklärte Stephan. „Für Genießer und auch für Asketen.
Denk an die Gemälde aus dem 15. Jahrhundert mit den großen

* Gottfried von Straßburg: „Tristan und Isolde"

Badezubern, in denen Männer und auch Frauen gemeinsam nackt im Wasser sitzen und gemeinsam speisen!
Oder: Denk an das Schlaraffenland! Schwelgerei für arm und reich. Jeder konnte essen, was er wollte. Jeder konnte lieben, wen er wollte. Straflos!
Und selbstverständlich kennen alle Völker unserer Erde gewisse Nahrungsmittel, die den Geschlechtstrieb steigern sollen!
Aphrodisiaka nennt man so etwas wohl heute.
Die Schwalbennestersuppe beispielsweise. Oder Nashornpulver. Oder Alkohol!"

Stephan machte eine Pause. Dann sagte er:
„Wenn du willst? Hier ist das kleine Buch. Eine sehr bereichernde Lektüre."

Am nächsten Morgen begannen sie die Fahrt ins Elsaß.
Acht Tage! Bunte Sonnentage!
Überfluß an Hügeln, Wäldern, Wasserläufen!
Überfluß an Fachwerkhäusern, an kleinen feinen Kirchen, an Toren und an Türmen!

Nach 120 Kilometern hatten sie ihr erstes Ziel erreicht: Wissenbourg.
Welch eine heimelige Stadt. Oder doch ein Dorf? Mit all den stillen Winkeln und den engen Gassen?

Das Auto wurde abgestellt.
Erkundungen zu Fuß sind gerade in so malerischen Erdenflecken wie im Elsaß unverzichtbar.
„Ich möchte einfach gehen und schauen", sagte Carla. „Ohne Gotik oder Renaissance."
„Aber über Wein und Spargel darf doch sicherlich gesprochen werden!" meinte Stephan.
„Auch über einen Nachtisch! Ich habe schon gewählt!"
Carla strahlte: „Rate mal!"
„Weiß der Himmel!"
„Stimmt! Mit Himmel hängt es eng zusammen! Ist aber weder süß noch sauer. Auch nicht scharf."

Wie so oft, wenn Carla ihre ‚großen Rätsel' raten ließ, tat Stephan unerfahren, ahnungslos. Ein schönes Spiel, das beide immer wieder gerne spielten.
„Gehen wir also erst zum Essen.“ Und dann: „Weiß der Himmel!”

Ganz selbstverständlich wählten beide Spargel! Maienspargel aus dem Umland. Dazu den trockenen Silvaner.
Jeder hatte einen Platz am Fenster. Mit Blick auf Handwerkshäuser, die sich in der Lauter spiegelten.
„Kleine Flüsse sind so liebenswert”, meinte Carla. „Man sieht sogar die Fensterbretterblumen auf dem Kopf! Und alles wirkt wie ‚früher'. Ohne Hast!”
Beide fühlten wohl das gleiche. Und Stephan sagte schließlich: „Es ist schon seltsam mit uns Menschen: Wir streben immer vorwärts. Und sehnen uns zurück.”
Dann kam der Ober: mit dem Spargel, mit dampfenden Kartoffeln, heißer gelber Butter und mit beinah dunkelrotem Schinken. Beide aßen. Wortlos. Nur manchmal sagten ihre Blicke: „Köstlich! Köstlich!”

Zwei Stunden waren wohl vergangen. Die Sonne stand schon reichlich schräg.
„Und jetzt dein ‚Weiß der Himmel', Carla! Was hast du mit mir vor?” „Du mußt kombinieren, Stephan!
Kleines Pfarrhaus – hübsche Tochter – junger Dichter.”
„Sesenheim natürlich: Pastor Brion, Tochter Friederike und der junge Goethe. Das war ja nicht schwer.”
„Schwerer wollte ich es auch nicht machen, Stephan, wir haben schließlich Urlaub!” Und nach einer Weile: „'Weiß der Himmel' ist doch passend für solch eine Trauerangelegenheit im Pastorenhaus, nicht wahr?”

Sie fuhren über Seltz bis Sessenheim.
Um 1770 war Sessenheim noch deutsch. Und jeder Goethe-Freund kennt Sessenheim als Sesenheim.
Und jeder weiß auch um das Schicksal Friederikens: „So schnöde hat er sie im Stich gelassen, der eitle Tunichtgut!” sagte Carla, als sie im ‚Ochsen' saßen. Einen Kaffee tranken.

„Aber herrliche Gedichte hat er ihr gemacht!" meinte Stephan – quasi als Entschuldigung. Worüber Carla sich erneut erboste: „Ganz gewiß sind die Gedichte gut. Sogar sehr gut. Aber schuftig bleibt er trotzdem!"
Stephan lächelte – stand auf und setzte sich an Carlas Seite. Und leise, aber fast beschwörend – rezitierte er aus Goethes Maienlied* :

O Mädchen, Mädchen,
Wie lieb' ich dich!

Als sie abends wieder in der Küche saßen, nahm Carla Stephans Urlaubsplan: „Morgen fahren wir dann also in das Städtchen Molsheim."
„Ja, Carla, Molsheim. Dort gibt es eine Metzig und eine Jesuitenkirche.
Die Metzig ist bestimmt sehr eindrucksvoll. Wir werden sehen. Vor allem aber möchte ich in diese Jesuitenkirche!"
„Willst du beten? Oder Ablaßgroschen spenden? Oder warum ausgerechnet diese unbekannte Jesuitenkirche?"
„Weil Jesuiten einen Stellenwert in meinem Leben haben."
„Jesuiten, Stephan? Dieses Wort klingt in meinen Ohren beinah feindlich!"
Carla zeigte ihm mit vorgestreckten Händen ihre Abwehrhaltung.
„Wahrscheinlich, weil du nur die gängigen Klischees kennst", sagte Stephan. Merkte aber gleich, daß sein Verweis schulmeisterlich und fast verletzend war.
„Wenn du möchtest, dann erzähl ich dir nachher meine ganz persönliche Begegnung mit den Jesuiten. Am Kamin."
Carla spürte Stephans ‚kleine Not'.
„Gut. Du heizt den Ofen. Und ich spül das Geschirr. Haben wir noch Rotwein?"
„Natürlich, Carla. Schon geöffnet. Heute gibt es einen schweren!"
„Weil das Thema ‚schwer' ist?" fragte Carla.
„Ja, das stimmt. Jedenfalls für mich."

* Straßburg 1771

Stephan schien nervös. Und Carla merkte auch, daß ihr eigener leichter Ton nicht gut war.
Und um den Frieden wiederherzustellen, sagte sie: „Du hast da etwas in den Haaren! Bück dich doch mal!"
Als der lange Stephan daraufhin wie ein braver Junge seinen Kopf herunterbeugte, tat Carla so als knackte sie mit ihren Fingernägeln eine Laus. Und dann sagte sie: „So, jetzt ist sie tot. Jetzt kann sie ganz bestimmt nicht mehr über unsere Leber laufen!"

„Du kennst doch sicherlich den Jesuitenorden", sagte Stephan, als sie nach dem Abendessen vor dem offenen Kamin in ihren Sesseln saßen.
„Ja. Aber nur dem Namen nach. Von der Geschichte dieses Ordens weiß ich nichts. Vielleicht kannst du mich informieren?"
Stephan nickte.
„Aber vorher - einen Schluck für unser Innenleben! – Woher hast du plötzlich diesen himmlischen Burgunder?"
„Aus meinem Koffer, Carla. Gut gelagert nach der Bahnfahrt. Sollte eigentlich das ‚Bergfest' krönen. Aber dieser Anlaß hat es allemal verdient."
Jetzt endlich war es Carla klar, daß Stephan reden würde, weil es ihn drängte, weil es wichtig für ihn war!
Und Stephan redete. In einer Weise als hielte er vor vielen Menschen einen Vortrag, als hätte er die Rede eingeübt.
„Der Jesuitenorden", sagte er, „ist verbunden mit dem Namen Ignatius von Loyola, einem Edelmann aus Spanien, der kühn und klug war und politisches Geschick besaß.
1521 – im Feldzug gegen die Franzosen – wurde er sehr schwer verwundet. Und schon während der Genesungszeit begann für Loyola die Trennung vom Soldatenleben und der Aufbruch zu religiöser Lebensführung.
Er wurde Priester und gründete im Jahre 1534 die ‚Gesellschaft Jesu', den späteren berühmten Jesuitenorden.
Dieser Orden wurde dann zum Hauptwerkzeug der Gegenreformation."

„Also gegen Luther!” ergänzte Carla.
„Ja. Das stimmt.” Stephan machte eine Pause. Dann sagte er: „Loyola verlangte von den Ordensbrüdern dreierlei – und zwar bedingungslos: Askese, Unterordnung und Gehorsam. Und durch fein abgestufte Exerzitien – zum Beispiel durch Gebete, Erforschung des Gewissens oder langes Schweigen –, wollte man zur mystischen Vereinigung mit Gott gelangen.”

Carla wußte nicht, was sie zu diesem Loyola sagen sollte. Und deshalb nahm sie schnell ihr Glas und trank den wärmenden Burgunder.

„Ist er dir unsympathisch?” fragte Stephan. „Oder warum schweigst du?”

„Unsympathisch wäre sicherlich das beste Wort”, sagte Carla schließlich. „Weißt du, Stephan, Eiferer sind mir ganz fremd. Ich fühle mich dann immer eingezwängt.”

„Du denkst an den Gehorsam, an die Unterordnung.”

„Nein, nein! Das kann sehr gut und nützlich sein. Nur dieses Wort ‚bedingungslos' ist mir so schrecklich!”

Carla machte eine Pause. Dann sagte sie: „Aber du willst sicherlich noch mehr erzählen von den Jesuiten. Oder irre ich mich, Stephan?”

Nein. Carla irrte sich durchaus nicht. Und Stephan war ganz offensichtlich froh, daß Carla ihn ermunterte.

„Damals war ich zwölf. Fast der Längste in der Klasse. Nur Fabian Breuer hatte noch fünf Zentimeter mehr. Ganz wichtige fünf Zentimeter.

Fabian wußte nie, wohin mit seinen Armen. Meistens hingen sie an ihm herunter. Zwei fremde Wesen, die nur durch Zufall an den Schultern angewachsen waren.

Im Gegensatz zu seinem breiten muskulösen Körper hatte Fabian einen kleinen Kopf. Einen viel zu kleinen Kopf. Mit wenig faserigen hellen Haaren. Aber seine Augen! Gelb wie Honig. Wunderbare Augen hatte Fabian.

Eines Tages war die Katze vom Pedell verschwunden. Wir suchten. Und wir riefen. Keiner fand sie.

Eine Woche später gab es Zeugnisse. Und Ferien. Ich hatte mittelgute Noten. Ich freute mich auf einen Urlaub in den Bergen. Mit meinen Eltern.
Als die Schule beinah leer war, hörten wir auf einmal ziemliches Getöse. Und kurz danach stürzte Pater Anskar aus dem Schulgebäude. Pater Anskar war der Leiter unserer Schule.
‚Stephan, schnell! Hol Dr. Bach! Sag ihm: Unfall!'
Dann rannte Pater Anskar wieder in die Schule. Und ich rannte rüber in die Praxis von dem Dr. Bach. Der kam gleich mit. Das alles dauerte nur drei Minuten.
Was war passiert?
Der Pedell, ein kleiner Mann, der auch noch hinkte, hatte Fabian zum wiederholten Mal erwischt als er durch das hohe Fenster in der Tür zum Sekretärinnenzimmer kuckte.
‚Diesmal melde ich es', hatte er zu Fabian gesagt. Und dann hatte er ihn auch noch angeschrien: ‚Katzentöter!' Das war Fabian wohl zu viel: Er nahm sich den Pedell und prügelte ihn derart sehr, daß der kleine Mann blutend auf der Erde lag.
Aber alles war nur halb so schlimm.
Der Pedell hatte zwar recht starkes Nasenbluten, aber mehr auch nicht. Und als er wieder gehen konnte, – Dr. Bach hatte ihm wohl Tropfen eingeflößt –, kam die ‚tote Katze' anmiaut. Und das war für Fabian selbstverständlich sehr entlastend.

Warum der Fabian immer wieder durch das Fenster kuckte, wußte keiner von den Schülern. Fabian hat es mir dann später selbst erzählt. Hinter diesem Fenster saß schon immer – jedenfalls seit Fabian hier in unserer Schule war – Frau Hamandtke. An der Schreibmaschine. Und Fabian durfte keinem sagen, daß die Sekretärin seine Mutter war.
Vor fünf Jahren hieß die Frau Hamandtke noch Frau Breuer. Nach der Scheidung nahm sie wieder ihren Mädchennamen an. Und weil sie Fabian unbedingt zu Pater Anskar in die Schule schicken wollte, wurde sie dort Sekretärin. Und konnte vom Salär das monatliche Schulgeld zahlen.
Die Schule war wohl ganz besonders teuer. Aber auch bekannt als Schmiede für den Geist.

Wir lernten nicht nur alte Sprachen. Wir hatten auch schon früh Philosophie und Redekunst, Rhetorik.
Fabian sollten später – nach der Schule und der Universität – ‚alle Wege' offen sein. Und – ich greife jetzt mal vor", sagte Stephan, „Fabian ist – genau wie ich – Diplomat geworden. Und beide haben wir dem Pater Anskar sehr viel zu verdanken! Einmal holte er mich sogar in das ‚Allerheiligste', in sein Direktorenzimmer.
Ich mußte in der Stunde vorher über Augustinus referieren. Und dieser Vortrag schien dem Pater wohl bemerkenswert. Ich hatte damals – um den Vortrag interessant zu machen – das Leben zweier Männer, die für unsere Kirche wichtig wurden, dargestellt: Das Leben der berühmten Kirchenväter Augustinus und das Leben des berühmten Ordensgründers Ignatius von Loyola. Genauso wie der junge Loyola war auch der junge Augustinus zunächst ein Weltkind. Und für beide gab es später einen Wechsel.
Damals sagte ich ganz sicher vieles, was unausgegoren war", Stephan lachte – leise. „Mit 17 Jahren ist das eben so.
Aber ich gab Pater Anskar wohl den Anstoß, sich noch einmal gründlicher mit dem Kirchenvater Augustinus und mit Loyola zu befassen. Jedenfalls bedankte er sich ganz ausdrücklich noch ein zweites Mal für diesen – von mir längst vergessenen – Vortrag als wir unsere Matura feierten.
Er sagte außerdem zu mir: ‚Wenn du später mal in eine Jesuitenkirche gehen kannst, dann bete dort.'
Und das will ich morgen auch. In Molsheim, Carla. Auch für Fabian Breuer. Der ist nämlich krank. Sehr krank."

Molsheim erreichten sie in einer halben Stunde.
Carla nahm im Auto ihren Reiseführer und las vor: „Vier Jahrhunderte war Molsheim Bischofsstadt. Mit einem sehr bedeutenden Kolleg der Jesuiten, das der Papst zur Universität erhob. Doch schon 1702 wurde diese Universität verlegt. Nach Straßburg. Sehenswert sind Molsheims Metzig, ein Zunfthaus aus der Renaissance. Unten kann man Wein probieren."

„Das werden wir natürlich", sagte Stepahn, „aber steht da gar nichts von der Kirche?"
„Doch. Ein Satz: Im Südostteil der Altstadt befindet sich die Jesuitenkirche. Das ist alles."
„Also, Carla, erst mal in die Kirche. Und dann in die Metzig. Einverstanden?"
„Natürlich, Stephan. Diese Reihenfolge kenne ich aus meiner Kinderzeit: Nach dem Gottesdienst am Sonntag gingen auf dem Land die Männer in die Kneipe, um ein Bier zu trinken, die Frauen in die Küche, um den Sonntagsbraten zu bewachen."
„Das war bei uns ein bißchen anders", sagte Stephan. Und weil Carla Stephans Tonfall nicht gefiel, bemerkte sie – genauso spitz: „Du willst doch wohl nicht sagen, daß Katholiken bessere Christen sind als Protestanten?"
Immer dieser Glaubensstreit. Und immer diese eigentümliche Vermischung zwischen Spaß und Ernst!

Sie fuhren bis zum Kirchenvorplatz und parkten dort das Auto. Und sahen durch den Eisengitterzaun die Fassade der Eglise. (So nennt man die Kirche in Molsheim.)
„Ja, sie gefällt mir", sagte Carla. „Sie ist edel. Beinah Renaissance. Aber doch noch Gotik. Erinnert mich an eine kluge Herrscherin. Ich geh mal rundherum. Und komm dann nach." Carla war schon unterwegs. Und Stephan suchte den Eingang.
Nach dem gestrigen Bericht über Pater Anskar war es selbstverständlich, daß Carla Stephan nicht beim Beten stören wollte. Carla selbst konnte nicht in einer Kirche beten. Sie betete zu Hause. Abends, vor dem Schlafen. Jedenfalls bezeichnete sie ihre abendlichen ‚Resümees' als Gebet.
Vom Innenraum der Jesuitenkirche wurde Carla wohl noch intensiver angerührt als von der Fassade. Besonders von der Schlichtheit dieses großen Gotteshauses.
Ja. Es war schon lohnend. Elsaß ohne Molsheim: Nein!

In der Metzig waren beide wieder fröhlich. Wurden sogar viel zu fröhlich! Denn der Wein schmeckte ausgerechnet jetzt zur Mittagszeit besonders gut! Allerdings mit teuren Folgen: Stephan durfte nicht mehr Auto fahren.

Und so beschlossen sie, den Zug zu nehmen und das Auto morgen abzuholen.
Sie verließen Molsheim ohne Umschweife – trotz des Sonnenscheins! Und lagen längst ‚vor allen Hühnern' in ihrem breiten Urlaubsbett.

Von den letzten Urlaubstagen gäbe es gewiß noch sehr viel zu berichten; denn wer wüßte nicht ein hohes Lied zu singen über jene alte Königsstadt der Franken, über Colmar!
Beide waren sich ganz einig: Colmar ist genauso reich, so voller Wunder und so romantisch wie die stolze Schwester Straßburg.
„Was war für dich das Eindrucksvollste?" fragte Stephan, als sie spät am Abend wieder vor dem Feuer saßen.
„Nicht Grünewalds Altar. Nicht die Rosenhag-Madonna. Auch nicht das ‚schönste Haus' der Stadt, das Maison Pfister. Sondern dieser zauberhafte Blick auf das Viertel ‚Klein Venedig'. Von der Petersbrücke. Mit den krummen Dächern und den Kähnen auf der Lauch."
„Gefiel es dir dort auch so gut wie in Straßburgs Gerberviertel?" fragte Stephan.
„Ja, beinah", sagte Carla, „aber doch noch mehr. Weil es mir hier echter schien. Mehr von ‚damals'."

Zum Schluß der Reise in das Elsaß wollten beide ‚hoch hinauf': in die Vogesen. In diese herbe Welt mit Wäldern, kahlen Kuppen und einer wundersamen Einsamkeit.
Beide waren fast berauscht: Welch ein Duft von Moor und Heide, von Wiesenblumen und von Föhren!
Sie fuhren über Barr zum Champ du Feu, zum Hochfeld. Auf ein Plateau, das fast elfhundert Meter höher liegt als Straßburg.
Von einer nahen Bauernhofpension aus stiegen sie dann steil hinauf. Zum Neuntelstein. Und merkten sehr ihr Ungeübtsein, ihre Schreibtischbeine!
„Aber: Hat man es geschafft, war's gar nicht schlimm. Zumal

man als Belohnung immer eine gute Sicht genießen kann", meinte Stephan.

Nach dem Abstieg gab es die verdiente Pause.
Stephan holte eine Decke aus dem Auto, Carla ihren Picknickkorb. Und weil es heiß war in der Mittagssonne, tranken sie die Thermoskanne leer. Mit Folgen.
Carla mußte vor der Weiterfahrt schnell noch einmal in die Büsche. Und hatte kaum den Podex bis zur rechten Höhe eingependelt, als auch schon Dutzende von Mücken mit ihren Rüsseln das zarte rosa Fleisch bestürmten!
Und als sie wieder auf den Beinen stand, die Hose eben hochgezogen, begann der leise Schmerz und dann das elend schlimme Jucken!
„Das waren Weiber, Carla! Mückenmänner leben nur von süßen Pflanzensäften!" Stephan grinste.
„Nimm dein Parfüm und reib dich ein. Alkohol tut meistens gut."
Er hatte gar kein Mitleid. Und Carla mußte neben all dem Übel auch noch den Spott ertragen.

Dann fuhren sie zum Dorf Climont. Und wagten noch ein zweites Mal den Aufstieg. Zum Donnersberg. Fast eine Stunde! Und zurück!
Und abends schmerzten schon die Unterschenkel. Und beide hatten dann am nächsten Morgen einen meisterhaften Muskelkater.

An diesem Maien-Mittwoch verließen sie nur einmal ihre Wohnung: zum Mittagessen und zu einem schnellen Einkauf.
Stephan litt bei jedem Schritt. Der Muskelkater hatte ihn weit mehr gepackt als Carla.
„Kleiner Ausgleich für den Mückenspott!" vermerkte Carla. Verkniff sich aber allen Hohn in ihren Mienen. Denn Stephan hatte sogar etwas Fieber.
„Machen wir Siesta am Kamin. Bis es dunkel wird", schlug Carla vor. „Und dann gehen wir zu Bett."
„Gerne! Aber nur, wen du meinen Rücken kraulst!"

„Ich tue es."
„Wenn du mich wärmst mit deiner Wärme."
„Ich tue es."
„Wenn du etwas akzeptierst!"
Lange Pause. Dann sagte Carla schließlich: „Ich tue es. Wenn es akzeptabel ist."

Tausend eigentümliche Gedanken gingen Carla durch den Kopf:
Daß sie keine Ehe wollte, wußte Stephan. Daß sie bei ihrem Arbeitgeber bleiben wollte, wußte Stephan ebenfalls.
Ein Zusammenleben etwa? Niemals! Über dieses Thema hatten sie zwar irgendwann gesprochen. Aber...
Stephan holte seine Aktentasche.
Dann setzte er sich neben Carla an den warmen Ofen und nahm ein kleines schwarzes Kästchen aus der Tasche.
„Ich möchte, daß du dieses Kästchen aufbewahrst."
Carla war so überrascht, daß sie gar nichts sagen konnte.
Stephan öffnete das Kästchen: „Eine Perle, Carla. Von meinem Vater. Kurz vor seinem Tod bat er mich: ‚Gib sie später weiter. An deinen Sohn. Du weißt es ja: Sie soll in unserer Familie bleiben.'"
Diese Perle war ein Talisman, ein Fetisch. Stephans Urgroßvater, der Kaufmann Ulrich Kolbe, hatte sie dereinst erworben. Im fernen Singapur. Und hatte sie vererbt an Stephans Vater. Sie sollte Schutz gewähren und Glück bescheren. Und nie als Schmuck verwendet werden.
Stephan nahm die Perle aus dem Kästchen und legte sie in Carlas Hand. Dann sagte er: „Bewahre sie auf, bis Axel 18 ist."
„Aber warum ich? Du denkst doch wohl nicht ernsthaft, daß man an einem Muskelkater stirbt!" Carla wollte scherzen.
Stephan sah sie an. Und sagte dann sehr ernst: „Ich bitte dich um dieses Aufbewahren!"

Er tat ihr leid.
Sie fühlte aber auch zugleich einen leisen Unmut.
Ob Stephan fürchtete, daß Esther – wenn er selber tot war – über Axel in den Besitz der Perle kommen würde?

Immer wieder Esther! Obwohl sie kaum noch ‚existierte' in ihrem Rollstuhl.
War es diese nie verwundene Schmach, die Stephan nach so vielen Jahren aufbegehren ließ? Vielleicht sogar der Schmerz um das Verlorene? Oder war es nur die Rache? Blanke Rache?
Esther kannte diese Perle selbstverständlich. Und wollte sie schon immer haben.
Aber Stephans Vater hatte sich trotz aller Schmeicheleien nicht erweichen lassen.
Vielleicht aus Aberglauben. Vielleicht auch weil er Esther mehr durchschaute als der damals sehr verliebte Stephan.

„Natürlich könnte ich die Perle in meinem Testament erwähnen", sagte Stephan schließlich. „Aber siehst du, Carla, genau das will ich nicht. Dann müßte Esther sie ja aufbewahren, bis Axel 18 ist!
Nein! Esther soll die Perle nicht einmal vorübergehend haben! Mag sie suchen oder suchen lassen! Die Perle muß verschwunden sein!"

So hatte Carla ihn noch nie erlebt. Und sie fragte sich, was Stephan wohl zu dieser Haltung trieb! Denn sie spürte sehr genau, daß da irgend etwas vor sich ging: in Stephans Seele, in Stephans Kopf, ganz sicher auch in seinem Körper!
Und deshalb sagte sie – so ruhig und so ‚selbstverständlich' wie nur möglich: „Gut, Stephan. Ich werde diese Perle in meinem Banktresor verwahren. Für dich."

Zwei Tage früher als geplant fuhren sie zurück.
Für Andreas hatten sie gehörig viel an rotem Wein und eine lange Räucherwurst gekauft. Als Dank.
Und beide freuten sich auf ihr Zuhause. Genau wie damals nach der Andalusienreise.

Aus Gründen der Moral

Die beste Überraschung war ein Brief aus Basel. Vom Verlag. Carla öffnete den Brief mit Ungeduld und las: „... Ihr zweites Buch ‚BEGEGNUNGEN' ist lektoriert. Wir werden ihnen Ende Juli ein Probeexemplar zukommen lassen..."
Carla erzählt in diesem Buch die Geschichte eines homosexuellen Juden, der in Deutschland lebt. Von 1900 bis zum Beginn der Hitlerzeit.
Natürlich kannte Stephan die Geschichte. Sein Kommentar: „Ich bin beinahe sicher, daß viele unserer Zeitgenossen mit dem Thema Homosexualität nicht in Berührung kommen wollen. Aus Gründen der Moral. Und gegen Moralisten konnte selbst Herr Jesus Christus nichts verrichten."
„Du meinst, ich hätte mir ein umsatzfreundlicheres Thema wählen sollen", fragte Carla. Und Stephan daraufhin: „Im Gegenteil! Wenn auch die Bücherschreiber sich dem Dollar fügten, dann hätte wir in Kürze den schönsten Einheits-Meinungsbrei. Die Leser wären eingelullt – könnten ruhig schlafen und brauchten nicht zu denken."
„Dann bist du also überzeugt, daß ‚Anti-Schreiber' unsere Welt verändern?"
„Sie sollten es versuchen, Carla". – Und nach einer Pause sagte er: „Was wäre wohl das Erdendasein ohne Hoffnung!"

Es war inzwischen Juni. Und die Sonne meinte es sehr gut. Und Carla frönte einer Leidenschaft, die sie bitter büßen mußte: Sie schlief des nachts auf dem Balkon. ‚Unter freiem Himmel', ‚Nahe bei den Sternen'.
So erklärte sie zumindest später ihren Leichtsinn.

Als Stephan Samstagmittag kam, war Carla beinahe nicht mehr in der Lage ihre Wohnungstür zu öffnen.
Sie hatte hohes Fieber, phantasierte, fror und schwitzte und war am Sonntagabend so geschwächt, daß Stephan einen Notarzt rief.
Der Arzt – aufgehalten durch den abendlichen Stadtverkehr –

kam schließlich erst in dem Moment, als Carla ihre Krisis überwunden hatte.
Wadenwickel und viel warmer Fencheltee hatten sicherlich geholfen. Vor allem aber Stephans Stimme.
„Ich war beschützt", erklärte sie dem Arzt.
Der Mediziner lächelte. Doch keineswegs ironisch. Dann sagte er: „Eine gute Stimme ist genau so wichtig wie eine gute Medizin!"

„Ich habe phantasiert?"
„Ja, Carla. Eigenartige und bunte Dinge hast du mir erzählt. Von einem blauen und von einem gelben Licht."
„Mein Wachtraum, Stephan: Ich gehe durch das gelbe Licht und möchte in das blaue Licht. Und an der Grenze gibt es ein Gemisch."
„Von Grün, nicht wahr? Wenn du die Farben mischst, dann gibt es Grün." Stephan rückte seinen Stuhl noch etwas näher an das Bett von Carla.
„Nein. Kein Gemisch aus Farben. Ein Gemisch aus weit und eng. Ich möchte dann so gerne in die Weite. Und fühle überall nur Enge. Und manchmal wächst es über mir zusammen."
Carla wischte sich die kleinen Tropfen von der Nase: „Und dann strenge ich mich an – sehr sogar! Aber immer ganz vergeblich. Und das weiß ich schon vorher. Das blaue Licht verschwindet. Das gelbe gibt es auch nicht mehr. Ich wache auf und merke, daß ich lebe!"
„Ja, Carla", sagte Stephan. „Du lebst! Und ich begebe mich jetzt in die Küche und koche eine Suppe. Für dich und mich."

Doch dann folgte eine kleine Katastrophe: Die heiße Suppe dampfte. Und Carlas Nase funkte Warnsignale. Und Carlas Magen ebenfalls.
Und völlig unvermittelt dachte sie an jenes Pizzaessen in Milano. Und an den Mann, der so beleidigt reagierte, weil sie die halbe Pizza auf dem Teller ließ.
„Du hast Kräuter in der Brühe!" sagte Carla – viel zu laut. Und Stephan strahlte: „Ja, sicher. Majoran und Thymian, auch Petersilie und natürlich Oregano."

„Oregano." Wiederholte Carla. Beinahe tonlos. Deshalb war ihr diese Suppe so zuwider. „Du konntest es nicht wissen, Stephan. Oregano ist für mich wie Rizinus. Ich kann es weder riechen geschweige denn herunterschlucken."
Stephan war so überrascht, daß er zunächst fast hilflos wirkte. Dann aber fragte er – ein wenig spöttisch: „Wie wäre denn ein Milchreis, Carla?"
„Ja, Milchreis mit vielem Zimt und Zucker! Danke, Stephan." Und nach einer kleinen Pause sagte sie: „Ich esse sonst fast alles. Nur eben Oregano nicht. Auch Anis ist mir nicht angenehm. – Und wie ist das bei dir?"
„Später, Carla wenn der Milchreis fertig ist."

Ja, auch Stephan kannte Essen-Animositäten. Er konnte beispielsweise die Haut gekochter Milch nicht zu sich nehmen: „Und immer wieder schimpfte meine Mutter", erklärte er. „Sie sagte dann ‚Stell dich nicht so an. Die Haut ist ganz besonders gut. Du willst ja schließlich wachsen'. Und damals wäre ich viel lieber klein geblieben als Milch mit dieser ekelhaften Haut zu trinken!
Ich wurde überhaupt sehr streng erzogen. Meine Eltern waren wohl der Meinung, daß Gehorsam unerläßlich sei. Und wenn ich trotzte, gab es harte Strafen."
„Haben deine Eltern dich geschlagen?"
„Ja. Sogar mit einem Stock. Das heißt, nur mein Vater schlug mit diesem Stock. Später tat es ihm dann leid. Einmal nahm er mich sogar sofort nach dieser Züchtigung mit in sein Arbeitszimmer und schenkte mir einen Bogen grünes Briefpapier: ‚Zeichne lieber. Und laß den Unfug', sagte er. ‚Du kannst mir morgen alles zeigen'. Und ich war glücklich, daß mein Vater meine Zeichnung sehen wollte."
„Und deine Mutter? Nahm sie auch den Stock?"
„Nein, meine Mutter hatte eine andere Methode: Sie schimpfte. Und zwar mächtig laut. Und manchmal war sie sogar grausam. Sie beachtete mich einfach nicht. Ich war sozusagen Luft. Und in solchen Fällen dachte ich: Hätte sie geschlagen, dann wäre es jetzt erledigt!"

„Aber deine Eltern waren doch so herzensgut zu Axel! Das hast Du oft genug erzählt."
„Ja! Als Omama und Opapa reagierten sie ganz anders. Ich habe mich natürlich auch gefragt, wie so etwas zu erklären ist und bin heute fast der Meinung, daß die Alten – jedenfalls hinsichtlich mancher Streiche oder Ungezogenheiten – den Enkeln näher sind als vormals ihren Kindern."
„Vielleicht, weil alte Menschen Sehnsucht haben nach der eigenen Kinderzeit", meinte Carla.
Stephan nickte: „Das ist sicherlich ein Grund. Im übrigen haben sie die heikle Angelegenheit des Erziehens hinter sich. Und – wir wissen es doch längst: Jede Mutter, jeder Vater erzieht sein Kind ‚anders-verkehrt'. Das sogenannte ‚richtige Rezept' gibt es eben nicht."
Der Milchreis war inzwischen fertig. Und Carla aß. Doch völlig ohne Appetit.
Weil sie Stephan aber nicht ein zweites Mal enttäuschen wollte, versuchte sie, ihn abzulenken. In der Hoffnung, er würde ihre zögerliche Löffelei dann nicht bemerken: „Du hast deine Eltern sehr geliebt, nicht wahr? Trotz der Schläge und der Schimpferei."
„Das stimmt. Meine Mutter lebt ja noch – wie du weißt. Und ich habe meinem Vater auf dem Sterbebett versprochen, sie zu schützen".
„Schützen?" fragte Carla. „Vor wem?"
„Vor bösen Zungen", sagte Stephan. Und dann erzählte er von einem Vorfall in der elterlichen Wohnung:

„Es war in meinen Sommerferien. Ich war 16. Ich kam von einer Wanderung zurück. Mitten in der Woche. Man erwartete mich aber erst am Ende dieser Woche. Das war so ausgemacht. Meine Mutter hatte diese Zeit genutzt, um ihre Schwester zu besuchen. Wir wollten dann am Sonntag alle unser Wiedersehen feiern. Mit einer Kügelie-Pastete. Die sollte Rosa zubereiten. Rosa, unser Mädchen, war aus Luzern und wußte, wie man die Pastete herstellt. Und nun war ich schon drei Tage vorher da.

An diesem Mittwoch war es schwül und heiß. Zumindest hab ich diesen Mittwoch als schwül und heiß in der Erinnerung." Stephan wischte mit der Hand über seine Stirn, als wolle er den Schweiß von damals trocknen.
„Ich lief die kleine Treppe hoch, steckte meinen Schlüssel in das Schlüsselloch, wollte ihn herumdrehen und merkte, daß die Tür nicht abgeschlossen war. Das überraschte mich, weil meine Mutter immer peinlich darauf achtete. Aber meine Mutter war ja auch nicht da. Und mein Vater hatte es gewiß vergessen. Leise, ja sogar sehr leise kam ich in den Flur, legte meinen Koffer auf die Truhe und öffnete den Koffer. Auch sehr leise.
Das Geschenk für meinen Vater lag ganz oben: Ein Notizblock. Er liebte diese Büchlein. Unliniert mußte das Papier sein, damit er schreiben konnte, wie er wollte – ohne durch den Linienabstand eingeengt zu sein.
Dieses Büchlein nahm ich also aus dem Koffer und wollte an die Tür zu Vaters Zimmer klopfen. Da hörte ich von drinnen ein Geräusch. Ein Stöhnen. Und dann Vaters Stimme. Deutlich. Denn die Tür war gar nicht zu. Das merkte ich erst jetzt. Ich hörte auch, was Vater sagte. Zu unserer Rosa.
Wie lange ich dort an der Tür gestanden habe, weiß ich nicht. Ich war wohl einfach außerstande, mich zu bewegen, weg zu gehen. Dann kam Rosa raus. Mit offenen Haaren. Mit offenem Mieder. Sie sah mich an. Hochrot. Und lief zur Küche. Vater stand am Schreibtisch. Mit gesenktem Kopf: ‚Ja', sagte er. Mehr nicht.
Am liebsten hätte ich geweint. Was nun? Was soll jetzt werden? Wird Mama solche Schande überleben? Diese Mutter, die so schimpfen konnte, aber auch so sehr empfindsam war?" Stephan drückte Carlas Hände und sagte dann: „Er tat mir leid, obwohl ich wütend war. Und ich gelobte mir, keinem Menschen etwas zu erzählen. Niemals. Solange Vater lebt. Rosa ging zurück nach Luzern. ‚Auf eigenen Wunsch'. Und mit einem guten Schweigegeld.
Meine Mutter trauerte; denn Rosa war ein flinkes und geschicktes Mädchen.

‚Aber – wenn die Rosa einen eigenen Hausstand gründen will, darf man sie nicht hindern!' sagte sie. Und Vater holte uns Marie. Marie war etwas dumpf. Aber kochen konnte sie sehr gut. Und auf seinem Sterbebett hab ich meinem Vater dann versprochen, daß ich meine Mutter schützen werde. Vor Rosa. ‚Sie hat genug bekommen', sagte Vater, ‚Und: Falls sie sich tatsächlich melden sollte, mußt du leugnen!'"
„Ist Rosa später wieder aufgetaucht?" wollte Carla wissen.
„Nein. Rosa hat sich nie gemeldet. Ich weiß nur, daß sie Kinder hat und einen Mann. Ich habe mich erkundigt."
Schweigen. Dann fragte Carla: „Wie alt war dein Vater, als Rosa euch verließ?"
„Wohl sechsundvierzig. Und meine Mutter hatte zu Beginn der Sommerferien ihren vierzigsten Geburtstag."
„Dann war sie jünger als ich heute!"
„Ja, ja. Und doch sah Mutter sehr viel älter aus mit ihren grauen Haaren."
„Ach, Stephan. Wie naiv du manchmal bist. Es sind doch nicht allein die Haare. Es gibt doch viele ‚Zeichen'. Für dich war sie ganz selbstverständlich nur die Mutter. Und eine Mutter mit einem großen Sohn mußte damals eben alt sein. Das ist heute sehr viel anders. Aber all das weißt du ja."
Stephan nickte nur. Dann fragte er: „Möchtest du vielleicht zu deinem Reis auch einen Tee? Oder Saft? Oder sonst was? Es erzählt sich besser, wenn man ab und zu mal schlucken kann."
‚Er hat es also doch gemerkt', dachte Carla. Und sie schämte sich ein wenig. Dann sagte sie: „Tee wäre sinnvoll, Stephan. Ich bin sozusagen krank. Saft? Nein. Nach Saft gelüstet es mich nicht. Und sonst was?" Carla grinste. „Selbstverständlich trinke ich am liebsten ‚Sonst was'! Und roter Wein soll außerdem sehr stärkend sein!"
„In Maßen, Carla. – du hast da in der Küche einen prächtigen Franzosen!"
„Oh ja: Cabernet–Sauvignon. Öffne ihn. Aber laß ihn noch ein wenig atmen. In der Zwischenzeit erzähle ich dir die Geschichte von dem Astloch."

Carla konnte gut erzählen. Und Stephan hörte gerne zu.
„Fanny Schübel, meine Freundin, war schon sechs Jahre. Ich war erst fünfeinhalb. Das ist ein großer Unterschied.
Fannys Eltern hatten einen Garten, der bis zur Scheune von Bauer Lebert reichte. Und in der Rückwand dieser Scheune war ein Astloch. Ziemlich hoch. Ich mußte mich auf Zehenspitzen stellen.
Fanny wußte schon seit langem, daß Leberts Magd Luise und Reinhold, Leberts Sohn, sich in der Scheune trafen, wenn alle Mittagspause hatten.
Ich kannte beide, weil wir bei Leberts Milch und Butter kauften.
‚Immer machen sie es nicht', sagte Fanny. Aber meistens. Du mußt ganz ruhig sein, sonst hören sie uns noch!'
‚Was machen sie denn bloß?' wollte ich jetzt endlich wissen.
Und Fanny wurde beinah ärgerlich:
‚Das weiß ich auch nicht so genau. Du wirst ja sehen. Es ist jedenfalls ganz schweinisch.'
Und dann sah ich es tatsächlich:
Luise stellte sich an einen Leiterwagen, zog in großer Eile ihren Schlüpfer aus und sah Reinhold an. Sie grinste. Ich konnte sogar ihre Zähne sehen. Luise war ein dralles Mädchen mit dicken, dunkelblonden Haaren und strammen, kurzen Beinen.
Ebenfalls in großer Eile knöpfte Reinhold seine Hose auf, und sein Schwanz stieg hoch!
Daß der kleine Pinkelmann sich so vergrößern kann, hatte ich noch nie gesehen! Und alles, was dann folgte, war für mich genau so faszinierend.
Reinhold warf den weiten Rock über Lises Kopf und steckte seinen dicken Schwanz in Lises Bauch.
Nur zweimal stieß er zu. Oder dreimal. Dann umklammerten die großen Hände Lises Schultern und er gab Laute von sich, die mich an ein Tier erinnerten.
Ich wurde beinah schwindelig. Und als Fanny fragte: ‚Na, wie findest du's?' konnte ich der großen Freundin nur bestätigen: ‚schweinisch'."

„Das wäre eine gute Kurzgeschichte", meinte Stephan.
„Hier? Bei uns? In der Schweiz? Ich weiß nicht einmal, ob der wirklich freigesinnte Roland Stern eine solche Story abdruckt."
„Du kannst ihn ja mal testen, deinen lieben Chef"!
‚Immer noch die Eifersucht', dachte Carla. Sie sagte aber nichts, trank schlückchenweise ihren Rotwein (– Stephan hatte ihr ein halbes Glas bewilligt –) und fühlte sich nach diesem lächerlichen Gläschen plötzlich so ermüdet, daß sie schlafen wollte.
Und als Stephan fünf Minuten später aus der Küche kam, schlief sie schon.

Am nächsten Vormittag wagte Carla einen kleinen Ausflug in den Park. Gleich um die Ecke. Allerdings nur zehn Minuten. Fieber schwächt. Und Schonkost sicher auch.
Heute aber hatte Carla wieder Appetit. Und Stephan überraschte sie mit einem Toast ‚aus' Andalusien:

> *Man brate Weißbrotscheiben in ein wenig Butter,*
> *belege sie mit Schinken und Tomaten,*
> *vermische dann ein Eigelb, Sahne, Mehl und Salz*
> *mit Reibekäse und geschlagenem Eiweiß,*
> *streiche diese Masse fingerdick auf die Tomaten*
> *und schiebe alles in den Ofen.*

„Köstlich!" lobte Carla. „Mein Gaumen ist begeistert! Ich esse zwei von deinen Andalusiern! Und: Ich habe auch schon wieder Kraft genug für den Gedankenaustausch!"
„Für einen Meinungsaustausch also. – Und über welches Thema möchte meine hochgescheite Allerliebste mit mir reden?"
„Über die Moral, Stephan. Du selbst hast mich darauf gebracht. Durch dein Erlebnis mit eurer Hausgehilfin Rosa. Außerdem stand in der Zeitung, daß sich am 9. Juli in der Hauptstadt Bern zwei Männer kirchlich trauen ließen. Eine Männerhochzeit also!"
„Die nicht rechtsgültig ist – soviel ich weiß", ergänzte Stephan.

„Aber wollen wir doch erst mal deine schlauen Bücher fragen nach dem schwierigen Moralbegriff. Mir fällt auf Anhieb nämlich nur Herr Kant ein."
Und dann suchten beide. Stephan nahm zuerst die Bibel. Schlug das Evangelium nach Matthäus auf. Und las vor:

‚Alles nun, was ihr wollt,
daß euch die Leute tun,
daß tut ihnen auch
*Das ist das Gesetz...'!**

„Wir lernten es einfacher", sagte Carla. „Im Konfirmandenunterricht. Der Pastor nannte es ‚die goldene Regel':

‚Was du nicht willst,
daß ich dir tu,
das füg' auch
keinem andern zu'."

Um die Moral war es bei uns Menschen wohl schon immer schlecht bestellt", meinte Stephan, „sonst wären solche Redeweisen nicht entstanden."
„Und es war auch immer so, daß die Moral geschunden wurde", ergänzte Carla.
„Oh ja, Räuber und Banditen wurden in den Adelsstand erhoben, wenn sie Geld und Edelsteine für den Fürsten raubten. Arme Schlucker wurden aufgehängt, wenn sie Brot gestohlen hatten für ihre hungrigen Kinder."
Stephan machte eine Pause Dann sagte er: „Aber bleiben wir doch in der Gegenwart: ich denke nicht an all die Kapitalverbrechen wie Krieg und Völkermord, auch nicht an Waffenlieferungen. Ich denke an die sogenannten Bagatelldelikte, an den Wohnungseinbruch, an Autodiebstahl oder Taschenklau. Meiner Meinung nach setzt man seit einigen Jahrzehnten zu sehr auf die Methode: ‚helfen statt strafen'. Und solch ein falsch verstandener Humanismus ist bedenklich."

* Matth. 7/12: vom Tun des göttlichen Willens

„Und was sollte man da tun?"
„Dreierlei, Carla. Die Polizeipräsens verstärken. Die sogenannten kleinen Strafen, ‚auf dem Fuße' folgen lassen, weil auf diese Art und Weise – für jeden Bürger sichtbar – das kriminelle Verhalten mißbilligt wird. Und drittens einen Polizisten beziehungsweise eine Polizistin angemessener entlohnen."
„Keine Bewährung, Stephan? Keine Resozialisierung? Nur Strafe? Nach dem Motto: ‚Wer nicht hören will, muß fühlen?'"
„Natürlich bin auch ich für Hilfsmaßnahmen. Aber vorher eine Strafe. Angemessen selbstverständlich. Ein Dieb ist kein Mörder – aber doch ein Dieb! Und: Es handelt sich bei den Delikten ja nicht nur um den materiellen Schaden. An die Seelenlage der Bestohlenen und Überfallenen muß man genau so denken!"

Der Herbst

Inzwischen war es Herbst.
Carla liebte diese Jahreszeit. Mehr als den Frühling. Bunte Wälder, milde – aber nicht mehr heiße Tage und allenthalben reife Früchte.

In diesem herrlichen September 1995 fand in Genf eine große Konferenz statt.
Politiker aus Bosnien, Kroatien, Serbien suchten (mit Hilfe der Vermittlung von Amerika) nach einer Friedenslösung für den Balkan.
Sie trafen sich an einem Freitag. Und im ‚Tageblatt' stand ein sehr ausführlicher Artikel über dieses Treffen.
Der Artikelschreiber (natürlich Roland Stern) hatte eine Überschrift gewählt, die ganz gewiß den Anlaß bot, das Blatt zu kaufen.

> Fünf Jahre Krieg und Völkermord
> in Ex-Jugoslawien vielleicht beendet!

stand in fetten Lettern auf der ersten Seite. Danach – vereinfacht – der Verlauf des Krieges und ebenfalls vereinfacht – das historische und das politische Geschehen ‚vom Amselfeld bis heute'.

An diesem zweiten Freitag im September – am Tag der Genfer Konferenz – fand Carla einen Brief in ihrem Kasten. Einen Brief aus Hamburg. Absender: Friedrich und Regina Kaiser.
Kaiser? Hamburg?
Doch da fiel auch schon der Groschen. Und sie öffnete den Brief noch auf der Treppe.

> ... Jetzt, nach fast genau zwei Jahren, machen wir es wahr, Frau Weber. Wir kommen! Eigentlicher Anlaß dieser großen Fahrt ist der Besuch bei unserer Tochter Anne.

Anne studiert schon ein Semester im hochberühmten Basel. Und nun wollen wir mal nach dem Mädel schauen. (Sehnsucht natürlich, getarnt als Elternpflicht!) – Bei der Gelegenheit könnte man die Andalusienreise ‚wiederholen'. Was halten Sie davon? Man könnte auch die Schweizer Käsesorten prüfen und ein gutes Weinchen trinken! Herzliche Grüße aus Hamburg von Friedrich und Regina Kaiser.

Welch eine Freude!
Carla rief bei Stephan an. Und Stephan war sofort bereit, das nächste Wochenende herzukommen – trotz der vielen Arbeit, über die er in den letzten Wochen ständig klagte.
„Ich muß dann allerdings am Sonntagmittag wieder fahren, Carla. Grüß die Kaisers! – Wollen wir bei dir sein? Oder hast du andere Pläne?"
„Bei mir natürlich. Wein ist da. Auch ein großer Rest vom Armagnac. Soweit ich mich erinnere, tranken Kaisers oft und gerne diesen hochprozentigen Franzosen."
„Und das Essen? Soll ich Käse kaufen?"
„Nein, Stephan. Du weißt, bei Bügeli gibt's jede Sorte. Und Bügeli ist um die Ecke. Aber wenn du willst, dann bring ein kleines Dutzend Petits Fours mit – zum Abschlußkaffee!"
Kaisers kamen kurz vor 19 Uhr. Und sie verließen Carlas Wohnung weit nach Mitternacht.
Welch ein amüsanter Abend! Mit vielen Fotos, vielem Lachen und mit genüßlichem Getratsche über all die liebenswerten Andalusien-Reisenden: „Ob er immer noch den Schirm am Arm trägt, unser sprudeliges Bächlein?" fragte Dr. Kaiser, „und diese modischen Krawatten?" „Die waren tadellos, mein lieber Friedrich. Besser jedenfalls als deine! Und schlauer ist er auch!"
„Haben Sie mal irgendwann von irgendwem etwas gehört?" Carla trank den beiden Kaisers zu. „Ja, Frau Weber. Die Herren aus Berlin traf ich kurz nach unserer Reise in Hannover. Ich war dort zum Kongreß. Und Herr Lohse und Herr Schäfer suchten ‚Stoff' für ihre Zeitung."

Er machte eine Pause: „Nette Menschenkinder. Homosexuelle. Wußten Sie das schon?"
„Friedrich!" rügte Frau Regina, „das geht uns doch nichts an!" Woraufhin der Ehemann lakonisch meinte: „Doch, doch! Wir sollten uns nur endlich dran gewöhnen, daß so was ganz normal ist." Er trank sein Glas fast leer und sagte dann: „Meinem Jahrgang fällt es eben immer noch recht schwer, Homosexualität zu akzeptieren."
Inzwischen holte Stephan schon die dritte Flasche Roten. Wenn man Käse hat, kann man sicherlich viel mehr vertragen. Vor allen Dingen aber schluckt es sich so glatt, wenn alle in Erinnerungen schwelgen. Und lästern können!
„Die beiden Schwestern aus dem Bayernland, Feil und Hinz?" fragte Stephan. „Die wollten doch an jeden Fotos schicken! Wir haben jedenfalls noch nichts bekommen."
„Wir auch nicht," sagte Frau Regina. „Aber manchmal muß man eben warten! Das sieht man ja an uns!"
Und als sie schon beim Kaffee waren und die köstlichen sehr süßen Petits Fours auf ihren Zungen hatten, meinte Dr. Kaiser: „Sie war ja recht verschroben, die Psychologin Brunner. Aber doch sehr imposant: Wer von uns allen hatte schon solch einen Käfer in der Brosche! Millionen Jahre alt! Und wer war stets bereit, zu nicken, wenn das Bächlein sprudelte!"
„Trinken wir den Kaffee auf Frau Psychologin", sagte Stephan. „Ich mochte sie bei aller Eigenwilligkeit recht gerne."
„Und wir beide, meine Frau und ich, waren uns sehr einig: Mit keinem aus der Reisegruppe noch ein zweites mal." Er machte eine Pause. „Nur mit dir, liebe Carla Weber und mit dir, Stephan Kolbe."
Kaisers waren älter. Und Carla und auch Stephan freuten sich, daß diese beiden Menschen aus dem Norden den Jüngeren das Du anboten.
Und als sie Carlas Dachgeschoß verließen, sagte Dr. Kaiser: „Paß auf deinen Stephan auf! Er sollte sich mehr Ruhe gönnen!"

Ja, mehr Ruhe.

Aber unser Schicksal ist vorherbestimmt. Und kein Sterblicher kann es bewegen.

„Astrid möchte dich sehr gerne sehen! Hast du am Mittwoch Zeit?“
Mit diesen Worten wurde Carla am Morgen nach dem ‚Kaiser-Wochenende' in der Redaktion empfangen. Von ihrem Chef. Von Roland Stern.
‚Astrid'
Nein, vergessen hatte Carla Astrid ganz gewiß nicht. Aber seit der Andalusienreise war die alte Freundschaft längst nicht mehr so eng wie vorher.
Beide Frauen hatten sich dereinst zwar fest versprochen, stets füreinander da zu sein. Aber beide hatten dann doch ihren eigenen Weg gefunden, sich nur sporadisch ‚guten Tag' gesagt. Sicher: Wenn es etwas ganz Besonderes gab, dann meldeten sie sich. Wie damals, als Carla ihre Buchpremiere hatte oder Astrid ihren fünfzigsten Geburtstag.
Astrid saß in einem Sessel. Mit einem Plaid auf ihren Knien, jener Reisedecke, die Carla ihr vor sieben Jahren schenkte. Damals waren sie in Schottland und unternahmen von Pitlockry aus Fahrten in die Highlands und Fahrten zu den Stätten der schottischen Geschichte.
Ähnlich wie die Iren sind auch die Schotten störrisch-stolz auf große Siege. Vor allem auf den Sieg von Bannockburn im Jahre 1314, durch den sie seinerzeit die Anerkennung ihrer Unabhängigkeit von England erzwingen konnten.
Das alles hat sich längst geändert. Geblieben aber sind Erinnerungen an die Clans. An die Stammesverbände Schottlands, deren Angehörige sich nach ihren Stammesvätern nannten zuzüglich des vorangestellten Mac (Sohn). Mac Donald beispielsweise. Jeder Clan webte aus gefärbter Wolle sein spezielles Karo. Zunächst für lose Umhangtücher, später dann für die berühmten Schottenröcke, für die Kilts.
Carla kaufte keinen Kilt, aber jene schöne Karodecke, die jetzt auf Astrids Knien lag.

Hatte Astrid sich verändert? Oder irrte Carla? Sollte sie durch dieses Plaid aus Schottland nur 'erinnert' werden? Oder gab es für die Freundin andere Gründe, sich an diesem warmen Herbsttag mit einem Wolltuch zuzudecken?
„Du wunderst dich“, sagte Astrid. Noch ehe Carla bei ihr war. „Ich seh es deinen Augen an.“
Neben Astrids Sessel stand ein alter Mahagonitisch. Schon gedeckt.
„Nimm dir Tee. Und wenn du möchtest, auch Gebäck. Und dann erzähl ich alles. –
Roland weiß es nicht. Keiner weiß es. Außer meinem Arzt und mir.“ Sie machte eine lange Pause. Eine schlimme Pause!
Carla goß versehentlich zu viel Sahne in den Tee und rührte viel zu intensiv in ihrer Tasse. Dann endlich sagte Astrid: „Ich habe es schon lange. Mein Körper hat es nur versteckt. Jetzt ist es ausgebrochen und wird mich töten. Dagegen gibt es bisher keine Mittel. Nur Therapien, die alles in die Länge ziehen. Und das will ich nicht.“
Astrid trank von ihrem Tee. In kleinen Schlucken. Dann redete sie wieder.
„Du warst für mich die liebste Freundin. Und ich danke dir für unsere Zeit. – Denk nicht, daß ich ganz ruhig bin. Oder ausgeglichen. Ich nehme viele kleine Pillen. Die tun sehr gut. Sonst wär' es sicher unerträglich. Aber manchmal merke ich genau, daß ‚der Faden reißt'. Deshalb wollte ich auch mit dir sprechen, bevor mein Hirn es nicht mehr schafft!“
Wieder machte Astrid eine Pause. Und wieder hatte Carla dieses quälende Gefühl der Ohnmacht.
„Es ist alles festgelegt. In meinem Testament“, sagte Astrid. „Roland erbt die Hälfte meines Geldes. Auch das Haus mit Inhalt. Bis auf die Bücher. Die sind für dich. Du kannst sie gut gebrauchen. Den Rest des Geldes lasse ich verwalten. Von einem Rechtsanwaltsbüro. Für meinen Bruder. Du weißt ja, Harald ist ein Leichtfuß. Er darf nicht wieder alles Geld mit einem mal in seinen Händen haben – wie damals, als mein Vater starb. Er muß es zugeteilt bekommen.“

Wieder eine Pause. Astrid klingelte. Und Martha, ihre Hausgehilfin, kam herein.
„Martha war am 15. August 63 Jahre. Und von diesen 63 Jahren hat sie 26 Jahre hier mit uns gelebt. Eine lange Zeit. Und eine gute Zeit für mich und wohl auch für Martha."
Martha stand ganz steif in ihrer weißen Schürze. Und ihre Augen sahen voller Sorge auf die kranke Astrid.
„Martha, du hast immer drüben in unserem Gartenhaus gewohnt. Ich denke, dieses kleine Haus soll von heute an dein eigenes Haus sein. Du wirst ganz sicherlich noch viele Jahre hier herüberkommen und nach dem Rechten sehen! Darum möchte ich dich herzlich bitten!"
Im ersten Augenblick schien Martha gar nichts zu begreifen. Dann aber kam ein Laut aus ihrem Mund – wie ein Wolfsgeheul! Martha stürzte an den Tisch, griff die halbgeleerte Kanne und floh in ihre Küche!
„Sie fühlte es schon lange, Carla. Jetzt weiß sie es. Und ich ahnte ihre Reaktion und hatte Angst vor meiner Offenbarung. Deshalb solltest du dabei sein. – Wir könnten nachher ja zusammen etwas essen. Martha, du und ich. Dann müssen wir zwar alle weinen. Aber das ist für die meisten Menschen gut."
„Wird Martha sich nicht wundern, wenn sie mit dir zusammen essen soll? Und mit mir?"
„Nein, Carla. Dieser herrschaftlichen Sitte sind wir nur noch nachgekommen, wenn Roland Gäste mit nach Hause brachte. Ansonsten haben wir mit größter Selbstverständlichkeit zu dritt am selben Tisch gesessen."
„Und ihre weiße Schürze?"
„Die gehört dazu. Und sie bedient uns auch. Trotzdem ist es anders als es früher war."

Astrid lebte noch zwei Jahre. – Und drei Monate vor ihrem Tod willigte sie ein in eine Chemotherapie.
„Der Mensch hängt eben doch mit aller Kraft am Leben," sagte Roland Stern. „Auch Astrid."
„Ich glaube, Dr. Lachner hat sie überredet, hat das Fünkchen Hoffnung angefacht!"

„Sicher, Carla. Aber wenn der Funke nicht gezündet hätte, ...“ Roland Stern verstummte. Und Carla sah, daß er gegen seine Tränen kämpfte.
So hatte sie den Mann von Astrid nie zuvor erlebt: Hinter aller Burschikosität versteckte dieser Hüne eine Feinheit, die sie gar nicht wahrgenommen hatte!
In diesem Augenblick verzieh ihm Carla auch die kleinen Sticheleien gegen Stephan Kolbe. Sicherlich war Roland Stern nur zu ungeschickt – eben viel zu wenig diplomatisch, wenn er sich über andere lustig machen wollte.

Am letzten Tag im September 1995 wurde Stephan 48.
Sie feierten in aller Stille. Oben. Unterm Dach.
Carla hatte zwei Geschenke (außer dem Begrüßungsfrühstück). Bücher selbstverständlich. Sie schloß von sich auf Stephan. Und das war richtig.
Buch Nummer eins, einen reich bebilderten Folianten, hatte Carla antiquarisch aufgetrieben. „Für den Genießer und den Superkoch“ stand als Widmung auf der ersten Seite.
Das zweite Buch enthielt diverse Essays von Michel de Montaigne. Herausgegeben 1939. Mit einem Vorwort des berühmten André Gide.
Stephan streichelte das schöne Kochbuch und blätterte danach in den Essays. Und schließlich las er zwei Passagen aus dem Vorwort:

> „‚In allen... Schriften... bleibt Montaignes
> Denken gewissermaßen im flüssigen
> Zustand, so unbestimmt, wechsel-
> haft und selbst widersprüchlich, daß
> man ihm nachträglich die verschie-
> densten Deutungen geben konnte. ...’“

Und quasi als Ergänzung – Gides zweite Feststellung:

„‚Eine von Montaignes großen Stärken
liegt darin, daß er sich mit dem
Inkonsequenten und Widersprüchlichen
in sich selbst hat abfinden können...'"

Stephan machte eine Pause, sah Carla an und sagte: „Ja. So sind wir alle. Inkonsequent und widersprüchlich."
Dann setzten sie sich an den liebevoll gedeckten Frühstückstisch. Carla hatte einen bunten Asternstrauß gekauft. Und Herbst Servietten.
Carla stellte auch die Dose mit dem Kaviar auf den Tisch. (Noch ein Geschenk von Astrid) Und knusperfrisches Weißbrot. Und die Kristall-Pokale! Stephan hatte diese beiden Gläser nach dem Tod des Vaters mitgebracht und sie dann Carla überreicht.
Stephan öffnete den Sekt. „Aus Baden, Carla?"
„Ja, aus Baden. Ich meine, daß er sich sehr wohl mit dem französischen Champagner messen kann! – Trinken wir dann also auf dein neues Lebensjahr!"
„Und auf uns, liebe Carla! Ich danke dir für diesen wundervollen Herbstvormittag!"

Nach dem Frühstück setzten sie sich – eingewickelt in zwei warme Plaids – auf Carlas Südbalkon.
Kein Windhauch wehte. Nur die Bienen summten ihren wohlbekannten Summgesang und sammelten den letzten Nektar aus den rosafarbenen Geranien, die noch immer üppig blühten. Es herrschte eine wundervolle Stille. Wohl der Beginn des Abschieds, der trotz aller Herbstesfülle sehnsuchtsvoll in jede Seele dringt.

Stephan aber schloß die Augen. Und Carla sah ihn an: Seine Lippen waren fest geschlossen. Und seine Hände eingewickelt zu zwei Fäusten.
„Du bist auf einmal traurig, Stephan. Was bedrückt dich?"
„Eigentlich ein ‚Nichts', Carla. Und doch belastet es mich."

„Hat Axel Schwierigkeiten in seinem Internat? Oder mußt du wieder weg – ins Ausland?"
„Nein, Carla. Gott Lob handelt es sich nicht um Axel. Und ein Auslandsaufenthalt steht frühestens im nächsten Sommer zur Debatte. – Es ist wieder einmal Esther."
„Ein erneuter Suizidversuch?"
Stephan schüttelte den Kopf. Dann sagte er: „Ricardo war bei mir. Er hat sich getrennt von Esther. Und ich kann Ricardo gut verstehen.
Esther hat ihn ständig mehr unter Druck gesetzt. Hat ihn bespitzeln lassen. Hat ihn beschimpft und sogar auf ihn geschossen."
„Geschossen? Das ist ja entsetzlich!"
„In die Beine, Carla. Sie wollte ihn auf diese Weise vielleicht auch an den Rollstuhl fesseln."
„Und was ist danach passiert? Nach dem Schießen?"
„Bis jetzt noch nichts. Die Kugel hat Ricardo nur gestreift. Glück für beide! Ricardo ist seitdem natürlich nicht mehr dort gewesen. – Das alles ist fünf Tage her."
„Und warum hast du es nicht gleich erzählt?"
„Ich wollte dich nicht wieder einbeziehen in diese üblen Angelegenheiten. – Jetzt ist es doch passiert. Und ausgerechnet heute!"
„Hat Ricardo es gemeldet? Der Polizei?"
„Nein. Er wird es auch nicht tun. Vielleicht, weil er sich schuldig fühlt an Esthers Schicksal. Du weißt es ja: Ricardo saß am Steuer!"

Esther hatte es erneut geschafft: Stephan war seit dieser Schießerei so ruhelos, daß er immer schlechter schlafen konnte – immer häufiger zu den Tabletten griff.
Außerdem sollte er am Monatsende wieder einmal eine Rede fertig haben. Für seinen Chef. Anläßlich eines diplomatischen Besuches aus der Republik Südafrika.
„Vielleicht muß ich im nächsten Sommer dann nach Kapstadt. – Ziemlich weit. Doch es kann auch völlig anders kommen."
„Südafrika!"

Carla sagte dieses Wort mit großer Zärtlichkeit. Nahm Stephans Hand und drückte sie: „Wäre es nicht wundervoll, wenn ich dich dort besuchen würde? Wir könnten dann zum Krüger-Nationalpark fahren! Und den berühmten Tafelberg besteigen!“ Carla holte aus dem Bücherschrank sogar einen Reiseführer. Uralt zwar, doch mit vielen Bildern. Und Stephan ließ sich auch auf Carlas ‚Spielchen' ein. Obwohl er sehr wohl merkte, daß Carla ihn mit diesem Reisethema nur auf freundliche Gedanken bringen wollte. Schließlich sagte er: „Gut, Carla. Tafelberg und Nationalpark. Aber vorher noch so oft als möglich: Basel – Bern! Und jetzt –...“

Ja. Sie liebte diesen Mann. Nicht nur seine guten, angenehmen Seiten. Auch seine Biestigkeiten.
Beispielsweise pflegte Stephan im Verlauf von Streitigkeiten beinah hoheitsvoll zu sagen: ‚Was du da meinst, das hat gewiß auch eine Art Berechtigung'. Und Carla war dann jedes Mal so ärgerlich, daß sie überreagierte. Und das bezweckte Stephan! Doch Carla selbst hatte sicherlich genau so schuld an Stephans ‚Diplomaten-Attitüden'.
Wer in solchen Augenblicken einen ersten Stein warf, ließ sich oft im Nachhinein nicht klären. Bisher aber hatten beide stets den Wunsch, das Geschehene zu glätten. Keiner trug dem andern etwas nach.
Und dieses beiderseitige Verhalten wurde schnell entscheidend für den Bestand der Partnerschaft.

„Weißt du übrigens, daß der Papst am 16. September in Johannesburg war?“
„Natürlich, Stephan. Stand sogar in unserm Blättchen. Dieser Paul Johannes reist offensichtlich gerne!“
„Johannes Paul heißt unser Papst,“ sagte Stephan. Beinah etwas aggressiv! „Das solltest du doch wissen.“ Und nach einer Weile – sehr viel milder: „Wir könnten ja zum Jahreswechsel Rom besuchen! Was meinst Du? Ist mein Vorschlag gut?“

Carla war bisher nur einmal dort. Ganz kurz. Stephan kannte Rom viel besser.
„Ich würde mich sehr gerne deiner Führung anvertrauen, Stephan. Aber sicherlich ist Rom Silvester übervoll!"
„Schadet gar nichts, Carla. Ich kenne viele schöne Nischen, in die sich kein Tourist verirrt. Ich weiß, wohin die Italiener flüchten, wenn die Fremden kommen!
Wir würden dann bei dem Kollegen Andreotti wohnen. Das ist seit sieben Jahren Usus. Wenn er nach Bern kommt, machen wir es umgekehrt: Andreotti schläft bei mir. Aus Kostengründen selbstverständlich.
„Muß man deinen Andreotti mit dem Minister in Verbindung bringen? Oder ist er nur ein Namensvetter?"
„Nur ein Namensvetter, Carla. Mit der Democrazia Cristiana hat er nichts zu tun. Er ist zwar kein Marxist. Aber auch nicht auf der Gegenseite. Außerdem muß sich ein Diplomat neutral verhalten. Das weißt du ja."
„Und was ist dir das Liebste im ach so großen Rom?"
„Ein Wirtshaus in Trastévere. Auf einem kleinen Platz. Mit einer mittelalterlichen Kirche. Maria della Luce heißt sie.
Im übrigen hab ich sogar schon etwas in der Tasche über Rom! – Nicht über Rom als Stadt, aber Rom betreffend. Eine Studie über Judas von Ischariot! Sehr interessant. Und ganz sicher ‚Zündstoff' für Gespräche!" Stephans Augen blitzten.
Carla war natürlich sehr bereit, den Aufsatz durchzulesen. Vor allen Dingen aber war sie froh, daß Stephan nicht mehr an die üble Schießerei und an Ricardo dachte!
Ob diese Reise nach Südafrika oder ein Besuch in Rom zustande kamen, war ihr gar nicht wichtig. Stephan sollte einen schönen 48. Geburtstag feiern. Alles Weitere hatte wirklich noch viel Zeit.

Aber Carla irrte sich!

Die Zeit ist jedem zugemessen. Unabänderlich. Sie kann des Menschen Engel'* sein, ihn glücklich machen, Wunden heilen,

* Schiller: Wallensteins Tod: V, XI

trösten. Sie kann entsetzlich lang sein, wenn man wartet. Und fliegen, wenn man gerne noch verweilen möchte. Und am Ende wird sie wieder Teil der Ewigkeit.

Silvester 1995 – früh am Morgen – wurde Carla durch das Klingeln ihres Telefons geweckt. „Stephan!“ dachte sie. „Er wird dann sicher doch schon eher hier sein.“
Carla hatte unerwartet Karten für die ‚Fledermaus‘ bekommen. Sogar zwei gute Plätze!
„Hier spricht Anna Berger.“
Anna Berger? Was will Stephans Hausgehilfin? Carla zögerte jedoch mit ihrer Frage. Und nach einer Weile sagte Anna Berger – leise: „Der Doktor sieht so eigenartig aus. Ich weiß nicht, was ich tun soll!“
„Anna, laufen Sie sofort nach unten! Holen Sie Frau Dr. Harms! Ich rufe in der Klinik an. Dann fahr ich los. Zum Flugplatz.“

Carla war erstaunlich ruhig:
Sie zog sich an, nahm den stets gepackten „Notfall-Koffer“ mit Unterwäsche, Nachtzeug und Toilettentasche und ging zum Taxistand. Zweihundert Meter.
Die Maschine flog um 8 Uhr 30. Um 9 Uhr 30 war sie schon in Bern. Und um 10 Uhr 30 hielt Carla Stephans kalte Hand in ihrer warmen Hand.

Tod!
Stephan Kolbe war schon in der Nacht gestorben. An Herzversagen.
Hanna Harms gab Carla zwei Tabletten: „Beruhigt,“ sagte sie. Mit Hanna und Joachim Harms war Stephan lange schon befreundet. Beide Internisten. Carla schätzte Hanna Harms vor allem wegen ihrer fröhlichen Natürlichkeit.
„Wir müssen Stephans Sohn verständigen!“
„Ja. Tu das, bitte.“ Carla schrieb die Nummer von Axels Internat auf einen Zettel.
„Er soll ein Auto nehmen! Ich bezahl die Kosten.“

„Dr. Kolbe,“ sagte Stephans Chef in seiner Trauerrede, „gehörte nicht zu den Umschwärmten. Doch ohne Zweifel zu den geschätzten Diplomaten. Vor allen Dingen aber akzeptierte er die alte Weisheit:
‚Der Mensch ist unvollkommen.'
Und das machte ihn für mich so liebenswert.“
Wie tröstlich für die Trauernden. Für Axel, seinen 14 Jahre alten Sohn, und für Carla.

Wohltuend war es außerdem, daß so viele zur Beerdigung gekommen waren. Auch Roland Stern – auch Carlas Schwester Dorothea. Und selbst Ricardo. Nur die Kaisers fehlten!
Axel hatte wohl gehofft, daß die geliebte Omama dabei sein könnte. Aber Omama war viel zu schwach.
Und Carla fürchtete, daß Esther angefahren käme. Im Rollstuhl! Um Ricardo zu ‚ermahnen'. Esther aber war schon seit zwei Wochen bei Verwandten in den USA.
„Sie kommt wohl erst im Mai zurück,“ meinte Axel.

Der Schmerz um das Verlorene setzt bei den meisten Menschen unverzüglich ein. Der *Verlust* jedoch wird sicherlich erst nach und nach in seiner ganzen Schwere spürbar.

Carla hatte große Mühe, die Wochenenden alleine zu verbringen. Auch die abendlichen Telefongespräche fehlten. Und manches Mal erschien ihr dieses Leben sinnlos.
Selbst ihre Arbeit in der Redaktion war nach Stephans Tod nicht mehr so wie vorher.
„Wo ist dein Spott geblieben, Carla?“ fragte Roland Stern. Und er hatte recht: Die L & K Geschichten zeigten kaum noch etwas von dem alten Glanz.

Anfang Februar kam ein Brief aus Bern. Von Stephans Rechtsanwalt.
Carla kannte Dr. R. und wußte auch, daß er Stephans Testament verwahrte.

Sie wußte außerdem, daß Stephan seinen Haushalt: Möbel, Bilder, Teppiche und den Rest der Habe – in einem Notfall bei seiner Mutter deponieren wollte. Das Elternhaus war groß genug, um alles aufzunehmen.
Hinsichtlich seines Erbes hatte Stephan schon vor langer Zeit verfügt. Den Passus aber nach der Andalusienreise abgeändert. Und daher stand in diesem Brief:
‚... Somit sind auch Sie, verehrte Carla Weber, – neben Axel Kolbe – Erbin des Verstorbenen...!'
Und als Postskriptum: ‚Die Sachen schicken wir sobald als möglich an Ihre Baseler Adresse.'

Carla erbte Stephans Schlummerdecke, die Kaminuhr – eine Arbeit von Coultré, Stephans Briefbeschwerer: einen wundervollen Bergkristall und sein Kochbuch: Handgeschrieben! Mit all den herrlichen Rezepten, mit den Ergänzungen und Änderungen!
Carla weinte. Endlich. Und das Weinen tat so wohl. Und doch so weh.

Carla war jetzt 45 Jahre. Noch nicht alt. Aber auch nicht mehr ganz jung.
Bisher hatte sie nicht ernsthaft überlegt, sich beruflich zu verändern. Die Arbeit in der kleinen Zeitungsredaktion gefiel ihr gut. Und seitdem sie ihre ‚Schreibprodukte' auch veröffentlichen durfte, hatte ihre geistige Beschäftigung erheblich zugenommen.
Vor allen Dingen hatte sich die Auswahl ihres Lesestoffes – der Bücher, Zeitungen und spezieller Publizierungen – verändert und erweitert.
Die Studie über Judas – Stephan brachte sie schon im September mit – hatte Carla abgeheftet und vergessen.
Eines Abends blätterte sie dann – ohne rechtes Ziel – in jener Mappe mit den ‚wichtigen Artikeln' und las mit immer größer werdendem Interesse:

‚Seit Jahrhunderten gilt Judas
als Verräter. In allen Predigten
wird er geschmäht – wird zum
Antibild von Jesus.
Er ist schlechthin der miserable
Jude: Rechtfertigung für Diffamierungen, für Progrome und
für Verbrennungsöfen. Alles
ungeachtet dessen, daß auch
Jesus Jude war.
Und jetzt zum Judaskuß: Wozu
mußte Jesus, der bekannte Prediger, noch ausgewiesen werden?
Dieser Mann, den jeder kannte in
Jerusalem! Man hätte ihn ja doch
mit Leichtigkeit verhaften können:
Im Tempel, wo er täglich predigte.
In den Evangelien steht nur wenig
und recht Unterschiedliches über Judas.
Woher also wissen Päpste, Popen,
Priester so genau Bescheid?
Steckt dahinter etwa eine Absicht?'

Der Artikel endet mit der Frage. Und Carla legte ihn zurück in ihre Mappe. Sie war bedrückt. Wie gerne hätte sie mit Stephan über diesen Judas diskutiert!

Immer wieder stieß sie auf Erinnerungen! Und immer wieder war sie machtlos gegen ihren Schmerz – hatte die verrücktesten Ideen.
Weg von hier! Sehr weit weg! Vielleicht in einen anderen Kontinent? Am besten, etwas völlig Neues machen! Mit Menschen, die nicht streiten wollen, die froh sind, wenn das Auto frisch gewaschen ist und wenn es abends einen Krimi gibt.

Es war schon manchmal Frühling. Mit lauer Luft. Mit Vogelstimmen. Mit erstem hellen Grün!
Da fand Carla in der Post neben buntesten Reklamen einen Brief mit schwarzem Rand. Aus Hamburg.
„Sie hätten selber kommen sollen!“ dachte Carla und öffnete den Brief. – Und erschrak:
„...Wir konnten gar nicht mit dabei sein,“ schrieb Regina. „Wir saßen Tag und Nacht am Bett von Anne.“ Und dann erzählte sie, daß Anne am Silvesterabend bei Freunden in Chicago war. Alle hatten wohl nicht nur getrunken, sondern auch gehascht. Und unsere Anne ist gestürzt. Schwer gestürzt! Gott Lob war in der Nähe eine Klinik. Dort diagnostizierte man einen Schädelbasisbruch. – Wir sind sofort zu ihr geflogen. Schrecklich, Carla, dieses Warten auf ein positives Zeichen! – Wir sind fünf Wochen dort geblieben. – Anne war dann aber immer noch nicht so weit hergestellt, um mit uns zurück zu fliegen. Ich blieb bis Ende Februar. Friedrich kam nur an den Wochenenden.
Und deshalb, liebe Carla, konnten wir nicht mit dabei sein – am Grab von Stephan. Aber Ostern möchten wir nach Basel kommen. Zu Stephan und zu Dir. Und wenn Du es für gut hälst, nehmen wir Dich nachher mit nach Hamburg. Wir hätten Dich sehr gerne hier in unserem Haus. Und unsere Anne würde sich auch freuen!“

Carla war erleichtert: Schicksalsschläge entschuldigten ganz selbstverständlich Kaisers Schweigen.
Eine Fahrt nach Hamburg aber lehnte sie – beinahe etwas heftig – ab. Und es entstanden sogar irgendwo in ihrem Kopf häßliche Gedanken: „Warum war das Schicksal mit den Kaisers gnädig? Und warum mußte Stephan sterben?“
Sie haderte! Beneidete das Elternglück. Und fühlte sich betrogen, obwohl sie Anne weiterleben lassen wollte. Und obwohl sie wußte, daß mit dem Schicksal jedes Streiten sinnlos ist, daß ihr eigens Grollen im Weltenall verpuffte.

Es wurden trotzdem gute Tage. Mit langen, tröstenden Gesprächen. Und nach vielem Hin und Her war Carla dann sogar bereit, ein zweites Mal mit Kaisers zu verreisen: In den Norden. Zu den Fjords und Fjells.

‚Skandinavien' klang in Carlas Ohren fast geheimnisvoll. Sie hatte bisher nie die Neckarlinie überschritten und war gespannt auf dieses Nordland.
Friedrich hatte schon ein Reiseunternehmen ausgewählt und wußte, daß nicht mehr als 10 Personen unterwegs sein würden. Eine Garantie für Exklusivität. Aber auch verbunden mit nicht geringen Kosten!
Hatten diese liebenswerten Hanseaten nie daran gedacht, daß man mit Bücher- und Artikelschreiben etwas weniger verdient als ein Chefarzt in der Chirurgie?

O ja. Sie hatten es bedacht. Sie wollten Carla diese Reise schenken. Und: Carla akzeptierte!
Allerdings mit dem Vermerk: „Ihr dürft mich gerne ab und an zur abendlichen Schlemmerei verführen. Ansonsten aber möchte ich mich frei bewegen."
Friedrich Kaiser machte dann noch einen zweiten Anlauf:
„Du gibst uns beiden mehr, als dir bewußt ist", sagte er. „Nach unserer Andalusienfahrt – vor allem aber nach dem Besuch bei euch – hat Regina wieder angefangen, sich mit Lesen zu beschäftigen. Wie früher. Und seither ist sie selber auch wie früher! Regina braucht die Bücher, braucht die ‚andere Welt'. Nicht nur den Tennisclub und Schneiderinnen!"
Und nach einer langen Pause – beinahe schüchtern: „Bei mir, da hat sie diesbezüglich gar kein Echo. Ich bin eben Menschenflicker und kein Philosoph."
Carla aber blieb bei ihrem ‚Nein'.
„Niemand kann aus seiner Haut, lieber Menschenflicker", sagte sie. Und lächelte.

Diese Reise in den hohen Norden war für Carla wie ein Rausch. Alle Sinne wurden angesprochen.
Es duftet dort nach Meer und Steppe! Tausend Seen liegen blank zwischen sanften Hügeln. Und im Land der Sami – das wir Lappland nennen – nimmt das Schweigen und das Staunen zu. Hier ist der Mensch dem Schöpfer näher. Sehr viel näher, als in der lauten Großstadt!

Drei Wochen blieben sie in Skandinavien. Carla hatte sich entspannt. Und sie freute sich tatsächlich wieder auf die Arbeit in der Redaktion.

Der Sohn

Im September kam ein Brief von Axel: „Meine Mutter nimmt jetzt Drogen! Und als ich sie im Mai besuchte, war ein Kerl bei ihr. Widerlich. Der hat meiner Mutter sicherlich das Zeug verkauft. Was kann man da bloß tun?"
Carla war zwar immer noch erbost, wenn sie an Esther dachte. Aber schließlich ging es ja um Axel!
Carla holte sich zuerst bei ihrer Schwester Dorothea Rat. Und Dorothea – selber Mutter von zwei Kindern und beruflich häufig konfrontiert mit Drogensüchtigen – riet zu einer Suchtberatung. Sie nannte auch die Anschrift eines Spezialisten. In Bern. Sie schickte sogar zwei Broschüren mit. Aber würde ausgerechnet Esther sich beraten lassen? Und: Wer sollte diesen Vorschlag machen?
Roland meinte schließlich: „Wir könnten Axel ja in seinem Internat besuchen! Und über alles reden! Vielleicht am nächsten Samstag!"

Der September war in diesem Jahr ungewöhnlich bunt und warm. Und Carla fühlte ihren Schmerz um das Verlorene besonders heftig! Sie hatte sogar Mühe, die Großmut der Natur zu akzeptieren.
„Wie sie mit den Farben protzen, diese Blätterbäume, diese Astern, Gladiolen und die Chrysanthemen!" dachte sie. „Dabei wissen alle ganz genau, daß ein starker Regenwind jede Schönheit wegfegt! Ratzekahl! Erbarmungslos!"
Nur den gelben Rosen gönnte sie das Leben. Stephan hatte diese Blumen vor einem Jahr für den Balkon gekauft. Sie überwinterten sogar. Und blühten dann erneut.

Die Autofahrt zu Axel war daher für Carla von Herbsterinnerung begleitet. Und Roland spürte es.
„Man darf nicht übermäßig trauern, Carla. Meine Mutter hat so etwas auch gemacht und ist verrückt geworden. Ich erkläre dir das einmal später. In der Redaktion. Wenn du magst.
Und noch etwas anderes, für dich ganz sicher überraschend,

Dr. Keller wird demnächst nach Zürich gehen. Schade. Aber zu verstehen. Mein ‚Tageblatt' ist eben keine große Zeitung." Er machte eine Pause. Wartete vermutlich, daß Carla widersprach. Aber Carla war nicht willens, Rolands Blättchen zu einem Blatt emporzuheben. Und so sagte er dann schließlich: „Ich möchte wieder einen längeren Artikel über diese Balkankrise schreiben. Vielleicht bist du bereit, ein wenig mitzuhelfen! Dr. Keller wird wohl keine Zeit mehr haben. – Überleg' es dir."
Aber Carla brauchte keine Überlegungszeit. Sie hatte sich seit Stephans Tod solch eine Mehrarbeit gewünscht. Sie war nur nicht ganz sicher, ob Roland Stern sein Einverständnis geben würde.

Kurz nach 12 Uhr – beinah pünktlich – hatten sie ihr Ziel erreicht, meldeten sich in der Internatsverwaltung, und die Sekretärin führte sie nur wenige Minuten später in das Zimmer des Direktors.
Dr. L. leitete das Internat schon viele Jahre. Und bisher waren alle Eltern sehr zufrieden. Sowohl mit den Erfolgen ihrer Söhne als auch mit dem Geschehen außerhalb des Unterrichts.
Natürlich gab es hin und wieder die üblichen, nicht zu vermeidenden Konflikte in der Schülerschaft. Aber niemals Händel oder gar Mißhandlungen der Jüngsten durch die Älteren. Stephan jedenfalls war immer froh, daß Axel nach den Wochenenden (die er meistenteils bei der geliebten Omama verbrachte) gerne in sein Internat zurückfuhr.
„Sie wollen Axel Kolbe sprechen", sagte der Direktor. Und schon an seinem Tonfall hörte man, daß irgendetwas nicht in Ordnung war.
„Heute früh bekam ich einen Anruf. Aus Bern. Von der Polizei. Axels Mutter ist an einer Überdosis Heroin gestorben. Und Axel ist sofort zu seiner Großmama gefahren. Das heißt, wir haben ihn dort hingebracht.
Axel hatte mir erzählt, daß sie ihn hier besuchen würden. Aber warten wollte er auf keinen Fall. Und leider waren Sie schon unterwegs. Ich konnte Sie nicht mehr erreichen."

Die Sekretärin brachte Tee und süße Sahne. Alle drei tranken schweigend. Bis dann Carla fragte, wann Axel wiederkäme.
„Zehn Tage – dachte ich. Vielleicht will er ja doch noch zur Beerdigung nach Bern."
Und dann erzählte der Direktor, daß er seit dem Tod des Dr. Kolbe beinah eine dritte Vaterstelle angenommen hatte: „Wir haben auch zwei Söhne. Zwillinge. In Axels Alter. Und alle drei verstehen sich gut. Da hat sich diese Bindung ganz von selbst ergeben. Ich kenne also Axels Kümmernisse."
„Welche Fächer unterrichten Sie?" Carla fragte beinah etwas aggressiv, weil sie sofort an ihre eigene Schulzeit denken mußte – an die Vorzugsstellung von Franziska, der gar nicht sonderlich intelligenten Dirextochter, die von ihrem Vater immer Tips bekam, wenn eine Art von Überprüfung anstand. Negative Schulerinnerungen, die unvergessen blieben.
„Ich unterrichte gar nicht. Ich verwalte." Er lächelte. Lehrkraft-Kinder sind an unserm Institut ‚verboten'. Und das halte ich durchaus für gut. Sie nicht?"
„O doch! Sehr gut sogar!" Carla atmete erleichtert: „Dann ist er bestens aufgehoben", dachte sie. Und sagte trotzdem: „Aber ab und an schicken Sie den Jungen auch zu uns – nach Basel! Oder?"
Man trennte sich mit dem Versprechen, in Kontakt zu bleiben. Carla war beruhigt und ließ sich gern' von Roland Stern zum Mittagessen bitten.

Nach ihrer Rückkehr drehte sich das Redaktionsgespräch fast ausschließlich um Rolands zweite Balkanreportage. Und Carla war dabei und sollte auch das Ihre dazu tun.
„Ich habe schon ein wenig Vorarbeit geleistet", sagte Roland. Und gab Carla ein eng bedrucktes Blatt Papier.
Roland hatte sehr ausführlich den Zerfall des Tito-Reiches aufgelistet. Mit allen kriegerischen Auseinandersetzungen. Bis hin zur sogenannten Friedenskonvention von Dayton.*
„Vielleicht willst du das Ganze mit ein paar Auspizien würzen, Carla!"

* 21. Nov. 1995 Paraphiert inParis von Serbien, Kroatien, Herzegowina

„Nein, Roland. Für eine Zukunftsdeutung bin ich ungeeignet. Aber wenn du einverstanden bist, dann würde ich die Kämpfe einmal unter dem Aspekt der Glaubenszugehörigkeit beleuchten. Denn für mich ist dieser Krieg auch ein Religionskrieg: Angeheizt von machtbesessenen Politikern, die ihre Christen- oder Moslemgläubigen benutzen, um zum Ziel zu kommen."
Roland nickte: „Gut. Ich habe nichts dagegen."

Ganz sicher war die Krise auf dem Balkan noch immer Thema Nummer eins in Ost- und Westeuropa. Besonders diese fürchterlichen Greueltaten empörten und erschütterten die Menschen.
„Muslime, Serben und Kroaten wohnten friedlich Haus an Haus", sagte Roland Stern. „Jetzt gibt es zwar den Friedensschluß von Dayton, aber kaum noch heile Häuser!"
Er ging an seinen Schreibschrank und legte dann ein Foto auf den Tisch: „Dieses Haus gehörte der Familie meiner Mutter. Es stand in Pale. Dicht bei Sarajewo. Jetzt ist es fast verschwunden."
„Und deine Mutter?"
„Meine Mutter war von den Verwüstungen, von dem Flüchtlingselend, von den vielen Toten so bedrückt, daß sie ihr Leben nicht mehr sinnvoll fand. Sie nahm auch keine Hilfe an und mußte schließlich in ein Krankenhaus. In die Psychiatrie. Das ist schlimm und sehr belastend."
Dann legte er das Foto wieder weg und holte aus dem Schrank zwei Gläser und die Cognacflasche.
„Sie haben dort doch gut gelebt. Zusammen! Die Moslems mit den Christen. Die beste Freundin meiner Mutter war moslemisch. Vor ein paar Jahren hat sie uns in Basel noch besucht!"
Er goß jedem einen Cognac ein: „Lassen wir jetzt aber mal den Balkan, Carla – Es ist gut für mich, daß du einsteigst in die Redaktionsarbeit. Und – ich bin auch froh, daß wir uns um Axel kümmern."
Carla war gerührt. Und ganz spontan umarmte sie den oft so tapsigen und lauten Roland Stern.

„Auf eine gute Zukunft, Roland! Ich danke dir für dein Vertrauen. Ich danke dir vor allen Dingen für dein Mitgefühl!"

Im Dezember – zwei Monate nach der Beerdigung von Esther – meldete sich Axel an. Zum Besuch bei Carla. Und Carla gab sofort die Nachricht weiter. An Roland Stern.
Beide freuten sich.
„Dann holen wir jetzt alles nach. Ich meine unser Essen mit dem Jungen. Bleibt nur die Frage, wo?"
„Bei mir natürlich, Roland. Für euch beide das erste déjeuner in meiner Wohnung!"
„Aber abends doch bei Martha. Sie hat dann endlich wieder einen guten Auftrag. Seit Astrids Tod hab ich keine Gäste mehr im Haus gehabt."
Ja, es hatte sich sehr viel verändert in Carlas und in Rolands Leben. Sie waren beide oft alleine. Und beide suchten daher das Gespräch auch außerhalb der Redaktionsarbeit. Beide wußten aber auch genau, daß sie mehr als diesen Austausch von Gedanken nicht erstrebten.

Eine Freundschaft zwischen Mann und Frau ist sicherlich recht selten. Carla Weber und auch Roland Stern jedoch waren mit dem ‚neuen Zustand' sehr zufrieden. Ihre Zweisamkeit war kumpelhaft und rücksichtsvoll. Vor allen Dingen konnte sich der eine auf den anderen ganz fest verlassen.
Und jetzt hatten sie ja auch noch einen ‚Sohn'! Und das wollten sie dem ahnungslosen Axel auch ‚erklären'.
Beide waren ziemlich aufgeregt, weil sie fürchteten, daß Axel solch ein Angebot reichlich albern finden könnte.
„Behutsam, Roland", mahnte Carla. Und Roland daraufhin: „Ich hab' zwar keine Übung. Aber wenn er es nicht merkt, daß wir ihn mögen, dann haben wir auch nichts verloren."
„Woher soll er es denn wissen, Roland? Wir haben ihn bis jetzt doch nur einmal gesehen! Auf der Beerdigung von Stephan."
„Wir kennen aber seinen Vater! Und der würde sich ganz sicher freuen."

Welch eine schöne Logik! Trotzdem mußte Carla weinen. Vor Rührung und vor Schmerz.

Als dann beide auf dem Bahnsteig standen, war Carla derart aufgeregt, daß sie ihren neuen Schal zerdrückte und es gar nicht merkte.

„Hoffentlich entdeckt er uns! Die Rose ist schon ziemlich welk!“

„Dann steck' sie einfach in die Haare, Carla! Das fällt ganz sicher auf.

Endlich lief der Zug ein. Und ach, so viele Menschen stiegen aus! Und hasteten von dannen.

Nur einer blieb. Und sah erwartungsvoll nach rechts und links. Roland war zuerst bei Axel, nahm den Rucksack, der fast verloren auf dem Bahnsteig lag und sagte: „Da ist Carla. Mit einer rosa Rose. Und ich bin Roland Stern. Vielleicht erinnerst du dich noch.“

Axel stand noch immer an der selben Stelle. Dann sah er Carla. Ging auf sie zu und blieb erneut vor Carla stehen. Nur einen halben Schritt von ihr entfernt. Mit einem Ausdruck im Gesicht, der Freude und auch Schmerz verriet.

„Ja“, sagte er. Mehr nicht. Gab beiden seine Hand und ging vollkommen wortlos weiter. Bis zu Rolands Auto.

Bange Augenblicke. Selbst der weltgewandete Dr. Stern war ganz hilflos.

Dann saßen alle drei im Auto. Axel hinten. Mit dem Rucksack. Den er nach kurzer Zeit geräuschvoll öffnete und Carla zwei sehr sorgsam eingewickelte Paketchen reichte: „Honig“, sagte er. „Ich hoffe, daß ihr Honig eßt!“

Jetzt war das Eis gebrochen, beide ‚Eltern' waren sehr erleichtert. Nun stand nichts mehr im Wege.

Axel sollte nicht bei Carla übernachten. Auch nicht bei Roland Stern. Sondern bei Frau Kemp.

Frau Kemp war Rolands Putzfrau. Für die Redaktion. Und manchmal auch zur Unterstützung für die alte Martha. Sie wohnte gar nicht weit entfernt von Carla. Und war natürlich sehr erfreut, sich am Wochenende ein paar extra Franken zu verdienen.

„Wie lange braucht du?“ fragte Carla.
„Nur zwei Minuten. Nur den Rucksack deponieren.“
Das Zimmer war zwar klein – aber wundervoll. Denn Axel brauchte nicht zu teilen! Anders als im Internat!
Dann fuhren sie nur noch um eine Ecke. Und waren angelangt.
„Bis später,“ sagte Roland.
„Um 13 Uhr! Ich habe Warmes!“
„Und ich bin pünktlich, Carla!“

Jetzt waren sie alleine: Carla Weber mit dem Sohn von Stephan Kolbe!!
„Damals war es ja schon schwierig, als Stephan mich zum ersten Mal besuchte“, dachte Carla – während sie die siebzig Treppenstufen hochging. „Aber heute ist es sehr viel komplizierter.“
Doch sie irrte sich; denn Axel machte ihr die Sache leicht. Er *hatte* sicher gar nicht diese dummen Ängste.
„Du wohnst ganz anders, als ich dachte. Viel viel schöner!“
Axel hatte sie mit größter Selbstverständlichkeit geduzt. Und Carla war so froh!

Dann klingelte das Telefon. Roland war am Apparat: „Darf ich auch schon etwas früher kommen oder störe ich?“
Er kam. Und störte niemand. Axel ganz bestimmt nicht!
„Wie soll ich sagen,“ fragte er, „Roland oder Doktor Stern?“

Axel hatte auf der ganzen Front gesiegt. Und Roland Stern vermerkte – als Axel längst zu Hause war, zurück in seinem Internat: „Man könnte ja – eventuell – ich meine, wenn der Junge Ferien hat, gemeinsam in die Berge! Zum Abfahrtslauf!“
„Und ich dann als Vertretung für den Chef in deine Redaktion!“
Carla tat empört: „Du weißt doch ganz genau, daß ich nur Langlauf kann!“
Was war nur mit dem Roland Stern passiert? Und was mit ihr, mit Carla Weber?

Axel hatte Ende März 1999 die Matura gut bestanden. Und besuchte gleich darauf die Großmama. Und dort feierte er auch seinen 18. Geburtstag.

„Du darfst dir heute etwas wünschen, Axel“, sagte Gertrud Kolbe.
Und Axel wünschte sich, in Edinburg – in Schottland – zu studieren.
„Schottland liebe ich. Obwohl ich es noch nie gesehen habe.“
Großmutter Gertrud war mit allem einverstanden.
„Wenn du mich dort im Norden nur nicht ganz vergißt!“ meinte sie und wischte ihre Tränen ab.
Und beim Abendessen fragte sie: „Wann gehst du, Axel? Noch in diesem Jahr?“
„Ja, Großmama. Im Herbst. Und zum Weihnachtsfest bin ich wieder da.“

Daß Axel schon im Mai nach Basel kann, war für Carla und für Roland eine wundersame Freude!
Beide überlegten, wie sie es dem ‚Jungen' schön und warm und wohlig machen konnten.
Und Carla holte Stephans Perle aus dem Banktresor!

Da lag sie nun. Die rosa Perle. Auf Carlas Glastisch. In ihrem kleinen schwarzen Kästchen.
Carla zündete die Kerzen an. Und saß in ihrem ‚Warte-Sessel'.
Und sie lauschte:
„Ein Wunder!“ sagte Stephan Kolbe. Und seine Augen waren staunend auf den Säulenwald gerichtet. In Córdobas Mesquita.
Dann zeigte sich zum ersten Mal der Küchenkenner: „Ich schlage vor, wir nehmen Nummer vier: ‚Pescaitos variados fritos'!“
Vor allen Dingen aber dachte sie an die Gespräche über Gott. Und über das Geschick!
Am unbegreiflichsten jedoch blieb jener Traum vom Wolkenbett. Vom *kalten* Wolkenbett! – Hatte Stephan eine Todesahnung? Warum sonst die Bitte, jene Perle in Verwahr zu nehmen? Sie aufzuheben für den Sohn?
Und immer wieder mischte Esther sich in die Gedanken. Die schöne, schlimme Esther! – Ob Stephan so früh sterben mußte,

weil Esther (die er bis an sein Lebensende liebte) (Haß ist auch ein Produkt der Liebe!) seinen Tod bewirkte? – Carla war der festen Überzeugung.

Die Kerzen hatten nur noch einen halben Zentimeter Leben. Carla sah in dieses manchmal schon ein wenig blaue Licht. Und die Erinnerung kam, wie in einem Film.

Dann klingelte das Telefon!
Carla schreckte auf.
„In fünf Minuten fahr' ich los. Axels Zug kommt um 19 Uhr. Eine halbe Stunde später sind wir da!
Hast du gut gekocht?"
„Ich habe, Roland. Und ich hoffe, daß es allen schmeckt!"

Inhalt

Von Eva Donath sind in unserem Verlag erschienen

BRUNNENREISE

Eva Donath beginnt ihre Geschichte mit Kriegs- und Nachkriegserlebnissen - wie so viele ihres Jahrganges. Wir alle kennen Menschen, die ähnliches aufgeschrieben haben. Und doch sind die Aussagen unterschiedlich, denn jeder hat die Zeit individuell erfahren. Die Autorin setzt sich zudem mit ihrer Familie und mit ihren Freunden auseinander. Sie schreibt über Begebenheiten in ihren beiden Ehen, sie spricht über Studium und Beruf. Vor allem jedoch erzählt sie in diesem Buch von dem Mann, den sie liebt und den sie verliert. Und schließlich zeigt sie, daß auch Schicksalsschläge zu Wendepunkten führen, die neue Wege und Möglichkeiten eröffnen.

267 Seiten, Broschur,
Preis: 10,90 €, ISBN 3-930845-39-3

URBIN

Kennen Sie die Freude, ein Buch zu lesen und nicht nur Worte wahrzunehmen, sondern gleichzeitig Bilder aufsteigen zu sehen, bunt und bewegt, voll prallen Lebens? Dann liegt sie vor Ihnen, diese Freude.

Eva Donath nimmt Sie mit auf die Reise in das Land ihrer Kindheit, läßt Sie teilhaben an den „welt"-bewegenden Erlebnissen aus der Sicht des Kindes, die auch den Erwachsenen anrühren, ihn zum Schmunzeln, manchmal zum Nachdenken bringen, ihn vielleicht auch einmal Wehmut empfinden lassen. Und so mancher wird sich zurück erinnern an die eigene Kindheit.

63 Seiten, Broschur,
Preis: 10,90 €, ISBN 3-930845-40-7

BEGEGNUNGEN

Erzählungen

Eva Donath, Jahrgang 1926, hat ihre Wurzeln in Pommern, lebte lange im Westteil der Stadt Berlin und ist jetzt in Hamburg zu Hause. Sie ist eine Weltgereiste, eine Kunstverständige und eine an historischen und gegenwärtigen Ereignissen sehr Interessierte. Dies spiegelt sich auch in ihrem vierten Buch „Begegnungen" wider. Erzählt wird die Geschichte von Hubertus Hansen, einem homosexuellen Juden, der während der Zeit des Nationalsozialismus lebt und an den zwischenmenschlichen Umständen zerbricht. In der zweiten Erzählung wird das konfliktreiche Leben von Gunda Schäbig geschildert, die in den 50er und 60er Jahren im Westen Deutschlands lebt und arbeitet – ein Frauenschicksal, eingebunden in das geschichtliche Umfeld dieser Zeit.
Eva Donath hat spät mit dem Schreiben begonnen, ihre Sprache ist klar, bildhaft und rhythmisch. Leserinnen und Leser werden durch die der Autorin eigenen Sprachmelodie hineingezogen in das Geschehen und verfolgen das Erzählte gespannt bis zum Ende.

116 Seiten, Broschur,
Preis: 7,65 €, ISBN 3-930845-55-5

DAS FEUERMAL

Dreizehn Geschichten sind es, und jede anders als die übrigen. Trotzdem aber gleichen sie sich: Alle Geschichten sind von eigenen Erlebnissen her konzipiert. Keine gestattet ein genüßliches Verweilen. Immer aber gelingt es der Autorin, ihre Leser anzurühren.

108 Seiten, Broschur,
Preis: 8,60 €, ISBN 3-930845-41-5

Eva Donath gab 2001 auch ein Tagebuch ihres Vaters heraus.

Otto Kumm
VON POMMERN IN DIE UKRAINE...

Otto Kumm (1896 in Ostpommern geboren – 1992 in Westfalen gestorben) war Lehrer für Deutsch und Geschichte.
In diesem Buch beschreibt er in ausdrucksstarker Sprache (als Zeitzeuge) die Monate vom Januar bis zum Oktober 1945: den Weg in die Kriegsgefangenschaft, die leidvollen Tage mit Tod und Verbrechen während der Lagerzeit und immer wieder kleine Glücksmomente, die seinen Überlebenswillen festigen.
Der Bericht über meine Volkssturm- und Gefangenzeit ist mehr mit dem Herzen als mit dem Kopf geschrieben. Die neun Monate vom Januar bis zum Oktober des Jahres 1945 waren die leidvollsten meines Lebens. Die Schauplätze, die Geschehnisse und die Personen sind so dargestellt, wie ich sie in ihrer Nacktheit erlebt habe. Meine Tagebuchaufzeichnungen während der vier Wochen im Krankenhaus Charlottenburg kamen meinem Bericht zugute. Einen kräftigen Impuls erhielt meine Niederschrift durch die Friedensbewegung unserer Gegenwart. In ihrem Sinne und Geist möge auch mein Bericht ein Beitrag sein zu Völkerversöhnung und Menschlichkeit.

150 Seiten, Broschur
Preis: 8,60 €, ISBN 3-930845-73-3